布布路

關鍵詞：
單細胞動物、樂觀、熱血

從小與守墓人爺爺一起生活在墓地，因為父親的各種負面傳言，一直受到村裏人排擠。但布布路從不自卑，內心深處相信自己的父親是一位了不起的人物。為了實現自己的夢想以及尋找失蹤父親的消息，他毅然離開家鄉，前往摩爾本十字基地，參加怪物大師預備生的試煉。

賽琳娜

關鍵詞：
大姐頭、敏捷、愛財

出生商人世家的大小姐，卻一點都沒有大小姐的架子。與布布路一樣來自「影王村」，個性豪爽，有點驕傲，對待布布路一視同仁。從不排擠他，只因為她更在乎的是推廣家裏的生意。賽琳娜的目標是收集世界上所有類型的元素石，並熟練掌握這些元素石的運用。

帝奇·雷頓

關鍵詞：
豆丁、酷、毒舌

臉上總是掛着陰沉表情的瘦小男生。帝奇的存在感薄弱，不注意看的話就找不到人了。但是他身邊跟着一隻非常搖搖拉風的怪物——成年版的「巴巴里金獅」，對於是非的判斷他有自己的準則，不太相信別人，性格很「獨」。

餃子

關鍵詞：
狐狸面具、神祕、圓滑

在去往摩爾本十字基地的路上，勾搭認識上布布路。戴着狐狸面具，看不出喜怒哀樂，從聲音來聽，似乎總是笑嘻嘻的，高調宣場自己身無分文，賴着布布路騙吃騙喝，在招生會期間對布布路諸多照應。

冒險、正義、財富、祕寶、名譽⋯⋯

富有志向的人們啊，

用心發出聲音吧，

召喚那來自時空盡頭的怪物，

賭上所有的「夢想」、「勇氣」、「自尊」，甚至「性命」，

向着成為藍星上最傳奇的 ——怪物大師之路前進吧！

—— 《怪物大師》題記
MONSTER MASTER

【目錄】CONTENTS
《冰封的時之輪》

Especially written for kids aged 9 — 14（專為9-14歲兒童製作）

- 【扉頁彩圖】ART OF MONSTER MASTER
- 人物介紹：布布路 / 賽琳娜 / 餃子 / 帝奇

MONSTER MASTER

「怪物大師」無盡的冒險
The Frozen Wheel of Time

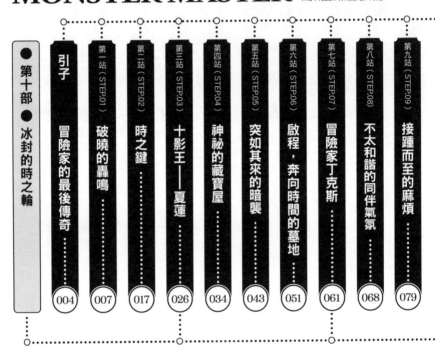

● 第十部 ● 冰封的時之輪

引子　冒險家的最後傳奇	004
第一站（STEP01）破曉的轟鳴	007
第二站（STEP02）時之鍵	017
第三站（STEP03）十影王——夏蓮	026
第四站（STEP04）神祕的藏寶屋	034
第五站（STEP05）突如其來的暗襲	043
第六站（STEP06）啟程，奔向時間的墓地	051
第七站（STEP07）冒險家丁克斯	061
第八站（STEP08）不太和諧的同伴氣氛	068
第九站（STEP09）接踵而至的麻煩	079

怪物大師最愛珍藏

1. 下部預告 …… 202
2. 職業鑒定結果 …… 204
3. 「怪物對戰牌」場景版使用說明書 …… 206
4. 這裏，沒有祕密 …… 208
5. 從布布路的角度來看人物關係圖 …… 209

SECRET GAME

MONSTER WARCRAFT
隨書附贈「怪物對戰牌」

穿透文字的「堅強」與「感動」！

DREAM　ADVENTURE　COURAGE　FRIENDSHIP

夢想＋冒險＋勇氣＋友誼

「怪物」與「人類」、「勇氣」與「挫折」、「信仰」與「背叛」、「戰鬥」與「思考」……是心靈的冒險，還是意志的考驗？
請與本書的主人公一同開啟奇幻之門，一起去追尋人生中最珍貴的夢想吧！

第十站（STEP:10）	第十一站（STEP:11）	第十二站（STEP:12）	第十三站（STEP:13）	第十四站（STEP:14）	第十五站（STEP:15）	第十六站（STEP:16）	第十七站（STEP:17）	第十八站（STEP:18）	第十九站（STEP:19）	第二十站（STEP:20）
險象環生的冰山之旅	無法召喚怪物的怪物大師	危機，弱勢戰鬥	九十九君	顛覆世界觀的大人物	傳承百年的責任	被打開的祕寶	甦醒的夏蓮	被觸動的記憶之弦	十影王之戰	倒退的時間
087	094	102	115	124	134	143	152	161	172	183

把世界的謎團串起來！
MELODIES OF LIFE

這裏是獨一無二的腦細胞幻想地帶，孩子們其樂無窮的樂園。
每部一個練膽故事，它們以神祕莫測的魔力，俘虜着人們的好奇心。
有人說，唯一的抵抗方法，就是閱讀——
請翻開這書吧，讓人心動的世界正在向你招手……

愛 與 夢 想 的 「 新 世 界 冒 險 奇 談 」！

引子

CREATED BY LEON IMAGE
LOVE & DREAMS

MONSTER
MASTER 10

冒險家的最後傳奇
MONSTER MASTER 10

「這孩子真奇怪!」

他小時候,經常聽家裏的長輩這麼議論他。

每當這個時候,媽媽便會苦惱地看着他,小聲責備道:「你將來是要成為一個遊走四方的騎士嗎?快,收起你的劍、你的盾和你的馬,先把飯吃完!」

那時,他擁有的劍是筷子,盾是匙羹,馬是板凳,在別人眼裏這完全是小孩子異想天開的遊戲,不足掛齒。但事實上,他心裏卻有個偉大的夢想 —— 要成為一個冒險家,一個踏遍藍星各地,見證所有不為人知的傳奇的大冒險家!

這一夢想起源於他無意間翻閱到的一本連封面都沒有的古

老札記，上面記載了一個名為「時之塚」的地方。那裏神祕莫測，埋葬着萬物起源的祕密，就連時間都能封存起來⋯⋯沒有人能到達那裏⋯⋯因為它本身就是藍星的一個最大的傳奇。

而他想要找到那個傳奇，成為征服那個傳奇的人！

成年以後，他帶着相機奔波於一些鮮有人敢去的地方，從火燒風席捲的死亡沙漠到瘴氣遍佈的深淵谷底；從絕對零度的極寒之地到巖漿日夜噴發的火焰山，他無所畏懼。

對他來說，這種用生命去探索未知、丈量土地的生活是一種幸福。

只是時常地，他回想起那本札記中所提到的時之塚。它在哪裏？為甚麼他找遍世界各地的圖書館，就是查不到關於它的資料，連一絲一毫都沒有？難道它只是編寫這本札記的人的臆想嗎？

然而終於有一天，他知道這不是臆想，時之塚真實地存在着，並且千千萬萬的人都曾見過，只是他們從沒發現它的祕密！

他和他的同伴們原本也只是單純地想攀登那座屹立在海中的巍峨冰山。那座冰山由巨大的冰塊堆砌而成，它神奇地屹立在熱帶海岸邊，通體泛着美麗的藍光，在那種充滿矛盾的美麗之下，一看便知道潛藏着某種不可預測的危險。

第一眼看到那座冰山時，他心中就產生了一種古怪的敬畏感，那種敬畏感讓他想要跪倒在地，頂禮膜拜。這在他之前的冒險生涯中從未發生過。

　　有人勸告他和他的同伴們：「不要去！那地方時不時會爆發極光，如果在近距離之下遭遇極光，你們一定會完蛋的！」

　　但他們誰也聽不進去，或許是他們相信自己一直以來的好運，或許是身為冒險家的榮耀感讓他們渴望征服每一個不可思議的地點。

　　當一團絢爛奪目的光芒自冰山頂峰爆發，腳下的冰層湧動着吞噬掉一切活着的生物的時候，他感覺到那無形無狀的時間的真實存在，他領悟到一秒與一萬年之間的確切差距。

　　因為從這一秒開始，他化為時之塚的一部分，完成了冒險家的最後傳奇。

冰封的時之輪
MONSTER MASTER 10

新世界冒險奇談
第一站 STEP.01

破曉的轟鳴
MONSTER MASTER 10

衝擊！被擊潰的導師

　　第七顆啟明星冉冉升起，東方的天空泛起魚肚白，黑夜的
外衣從大地上一寸寸褪去，繁華之都北之黎又迎來了一個清朗
的早晨。

　　當朝陽的第一縷光芒照進城中央創立千年的摩爾本十字基
地時，基地平日裏極少使用的那個幾乎要生鏽的警鈴如公雞打
鳴般響徹了整座基地——

　　嗶、嗶、嗶、嗶！

不對勁！睡夢中的布布路動了動耳朵，意識到這急促的警鈴聲後面隱藏着某些異常的聲響……

砰！砰！對了，那是牆壁碎裂的聲音，有人在打架，而且戰況激烈。

布布路猛地睜開雙眼，發生甚麼事了？ 這裏可是藍星上赫赫有名的摩爾本十字基地，誰敢一大早來鬧事呢？

布布路咻地掀開被子跳下牀，背起角落裏的巨大棺材，一把提起還在呼呼大睡的四不像的耳朵，衝出了房門。

「布魯！布魯！」被打擾了睡眠的四不像生氣地亮出一雙好久沒有修剪過的利爪，對着布布路那張小麥色的臉龐快、狠、準地一撓，十道爪印頓時出現在布布路的腦門上，引來兩聲輕笑和一聲冷哼。

布布路鬱悶地抬起頭，只見眼前站着三個人──金髮少女賽琳娜，她和布布路同樣來自影王村；戴狐狸面具的長辮子少年餃子，來自青嵐大陸；披紫紅色斗篷的冷面豆丁小子帝奇，他是鼎鼎大名的賞金王雷頓家族的未來繼承人。

不管出身如何，現在大家都和布布路擁有同樣的身份，那就是摩爾本十字基地的怪物大師預備生。目前，雖然在放假，但四人出於各自不同的原因選擇在寒假期間留守基地，此時，全都被那陣預警笛聲驚醒，打算去瞧個究竟。

目的一致，四人很快趕往聲源地──

摩爾本十字基地大門口，門衞大叔一邊拉警鈴，一邊焦急地叫喊道：「有人鬧事！」

布布路四人往門衞大叔手指的方向一看，鬧事的人竟然是一位纖瘦的陌生少女。引人注目的是少女脖子上套着一枚金屬鐵環，更為奇怪的是，那鐵環還連接着兩根斷掉的鎖鏈，像是剛剛從甚麼地方逃脫出來的……

此時他們那位自詡「英明神武又善良賢能」的金貝克導師正和她對峙着。

噢噢，難怪門衞大叔急得滿頭大汗！只見金貝克導師一臉狼狽，滿身泥巴和灰塵，看來已經挨了不少招。眼看圍觀者愈來愈多，金貝克蓄足了氣，憋紅臉，一個滑步躍到少女身後，襲向她的後背！

「好……」餃子剛想為金貝克導師這招「移形虛步」叫好，就見少女一個燕子空翻，靈巧地避開金貝克導師揮出的拳頭，同時反手抓住金貝克的右手腕，用力一扭！

那力道看似不大，卻藏着一股暗勁，隨着那少女的手腕扭動，金貝克導師手腕處的衣服竟然劈啪作響，撕裂開來。

金貝克導師見勢不妙，準備用後空翻來化解這一力道，誰知少女借勢一推……

咻——

金貝克導師瞬間如流星般飛過布布路四人身側，狠狠地撞上了基地的大理石圍牆。

轟——撲通！

布布路四人的嘴巴張成 O 形，吃驚地看着崩落的碎石塊埋住了金貝克導師大半截身子，只有四肢露在碎石堆外抽搐着。

金貝克再怎麼說也是精英隊的導師，少女輕易就打敗了他，這是甚麼情況？

　　所有人都被少女的怪力驚得目瞪口呆，只有布布路自來熟地跑到少女面前，驚歎道：「哇，你真強！居然打敗了我們英明神武又善良賢能的金貝克導師！」

「你，你，你⋯⋯」金貝克艱難地仰起頭，一雙烏青的熊貓眼瞪向布布路，「你這個渾蛋小子，氣死我了，咳咳！這種時候說我英明神武是挖苦我嗎？還不來幫忙！」

布布路困惑了，前些日子金貝克導師不是還喋喋不休地要求他們一定要用「英明神武又善良賢能」來稱呼他的嗎？他可是背了好幾天才記住的。

「快去幫忙！」在賽琳娜的招呼下，四人連忙跑過去，把鼻青臉腫的金貝克導師從碎石下「挖」了出來。

「你是誰？為何來十字基地鬧事？」賽琳娜擺出大姐頭的姿態質問長髮少女。

「因為他阻撓我進十字基地。」少女面無表情地回答，她的聲音機械而冷漠，彷彿一尊沒有感情的人偶娃娃。

布布路眨眨眼，認真地向少女解釋道：「我記得白鷺導師

說過，十字基地有規定，除舉辦特殊活動期間會對外開放部分建築，平時外面的人是不許進入的，你硬闖進來有甚麼事嗎？」

「與你無關！」只見少女的腳下速度驟然加快，直衝向十字基地大門。

謎之超強少女

咻、咻、咻——

幾道暗器飛向少女腳下，帝奇及時出手令少女頓住了腳步。

「你們這些吊車尾的傢伙，下學期怪物基本知識培訓課想要高分的話，就給我加把勁，把她拿下！」滿身是傷的金貝克紅着眼對布布路四人大喝。

金貝克看準時機，拿學分利誘大家。

「這……這簡直……太合我心意了！」餃子難掩喜色，飛奔着加入戰局，「十字基地大門由我們守護！金貝克導師您就安心觀戰吧！」

餃子最近在和阿不思的冥想交流中，領悟到不少古武術的新境界，正好還沒在實戰中使用過。

嘖嘖，真是個好機會！餃子邊想邊變換身形，一套極富變化的拳掌緊鑼密鼓地攻向少女。

「哇噢噢噢！餃子好厲害！」布布路雙眼發亮。

然而出乎大家意料的是，面對餃子如此強勁的古武術攻

勢，少女臉上竟然看不出絲毫慌亂，她遊刃有餘地見招拆招，借力打力。

　　餃子內心不禁泛起嘀咕：這少女的力量、速度和技巧都相當了得，招式看來集眾派系的精粹於一身。究竟是甚麼來頭？可惜今天廣場上那尊黑漆漆的「雕像」不在，不然也許他會知道。

　　兩人過了幾十招後，賽琳娜注意到餃子拳勁開始變弱，落入下風，便對布布路和帝奇使了個眼色：「敵人太強，我們一起上！」

　　「好！」布布路早就在一旁看得心癢癢了，聽到大姐頭召喚，立即拖着四不像如離弦之箭一般插入餃子和少女的對戰之中，用金盾棺材擋下了少女的一掌。

　　布布路的魯莽之舉讓一直面無表情的少女皺了皺眉頭，轉而追擊布布路和四不像。

　　戰況瞬間轉變為速度的比拼！少女、布布路和四不像的動作愈來愈快，如同三團不同顏色的旋風不時撞擊、不時錯開。

　　砰砰砰，啪啪啪，咚咚咚……

　　十字基地的地磚裂開了，門廊歪了，一時間飛沙走石，地動山搖，連佇立在枝頭的鳥都飛走了。

　　嗖嗖嗖！

　　混亂中，帝奇瞅準時機，甩出四把飛刀，想要牽制少女。

　　沒想到少女步履生花，避開暗器之後雙手翻轉，四把飛刀竟然被她改變了方向，朝着她身後守在基地大門前的賽琳

娜飛去。

「危險！」餃子甩出長辮，擊落四把飛刀。布布路和帝奇連忙從兩側包抄，剎那間，四人從東南西北四個方向將少女團團圍住。

但大家還來不及喘口氣，少女就像鬼魅般衝破了大家的包圍，步步逼近十字基地大門！

糟糕！今天這門要守不住了，十字基地定然顏面掃地。就在四人大汗淋漓，準備召喚出怪物時……天突然黑了！

最強門衞！科森翼龍

晴朗的天空驟然湧起強勁的氣流，一隻龐然大物從低空飛來，像一團厚重的烏雲籠罩在眾人頭頂上，遮天蔽日的巨大羽翼掀起肆虐的狂風。

纏鬥不休的布布路四人和怪力少女同時停下來，詫異地仰頭看向半空。

「科森翼龍！」布布路認出了那熟悉的影子，「是尼科爾院長的怪物！我經常給它刷牙！」

科森翼龍龐大的身軀投下一片將所有人遮蓋的陰影，厚厚的鱗片流動着暗金色的光輝，它撲騰着寬厚的雙翅，轟地降落在布布路他們面前。

科森翼龍緩慢地抬了抬腳，腳下頓時騰起一陣無形的氣流，拍向少女。

少女頓時如同狂風中的一張小紙片一樣騰空飛起，撞到一棵樹上，咿嚓！粗壯的大樹被攔腰撞斷。

「媽呀，這力量……」餃子忍不住發出驚歎，平時這隻老態龍鍾的科森翼龍總是懶洋洋地趴在廣場上打瞌睡，沒想到它才是基地真正的「門衛」，「不愧是『不死老者』尼科爾院長的怪物！」

「哇！這就是傳說中的震盪波！」賽琳娜得意地挑挑眉毛，興致盎然地為大家補充怪物的知識，「科森翼龍是氣元素系的怪物，常用招式是『震盪波』和『氣波圈』。『震盪波』能呈扇形發出高頻震盪大範圍攻擊，威力最大時能造成驚天動地的大地震！而『氣波圈』是一種非常有效的防禦術，能以自身為中心對外持續產生高密度氣牆圈，對於大多數物理攻擊手段可以完全免疫！」

「噢，原來科森翼龍攻守兼備，有它守衛基地大門根本用不着我們動手嘛！」布布路崇拜得雙眼放光，他肩膀上的四不像卻從鼻孔裏發出不屑的哼聲。

「可是……她不要緊吧？」布布路又擔憂地回頭看了看倒在地上的陌生少女。

「讓我看看她的傷勢。」一個熟悉的慈愛聲音從背後傳來。眾人扭頭一看，尼科爾院長不知何時出現在十字基地門口。

四人趕緊讓開，沒想到尼科爾院長的目光一觸及地上的少女，立刻臉色大變，激動地快步上前：「是她？！」

但靠近後尼科爾院長又搖了搖頭，喃喃自語道：「不，不

可能是她……」他的語氣又急又快，與平日的從容不迫完全不同，連銀白色的鬍鬚都在微微顫動。

尼科爾院長好像認識這個少女！布布路四人的目光好奇地落在昏迷不醒的少女身上，能讓一向沉穩持重的「不死老者」尼科爾院長都神色大變，她到底是誰？

冰封的時之輪
MONSTER MASTER 10

新世界冒險奇談
第二站 STEP.02
時之鍵
MONSTER MASTER 10

沒有記憶的人

　　遵照尼科爾院長的吩咐，布布路將昏迷的少女背到會議室，其他三人去找科娜洛導師來給少女處理傷口。

　　當科娜洛導師趕來後，院長就草草地以這件事情況特殊，不方便讓預備生參與為由，將布布路四人「請」出了院長室。

　　這件事明顯不對勁！肯定有甚麼巨大的祕密……

　　四人對視一眼，在好奇心的驅使下鬼鬼祟祟地躲在走廊拐角處，加上四不像，五顆腦袋疊羅漢般一個壓一個地從牆後探

出，豎起耳朵偷聽屋內的動靜。

會議室內的氣氛十分凝重，尼科爾院長一言不發地聽金貝克導師誇張地報告剛才發生的一切。

「院長，您不用擔心，她受的都是皮外傷，很快就會醒來的，但是您說的那個故人不是應該與您年紀差不多嗎？她還這麼小怎麼可能會是……」

科娜洛導師的聲音傳了出來，布布路屏息細聽，但是科娜洛導師後面的聲音太輕了，怎麼也聽不清。

「我怎麼會在這裏？」突然，少女的聲音響起來，而且那聲音迅速從生硬變成急促，「你？就是你！把東西還給我！」

咦！少女是來問院長要甚麼東西的嗎？布布路四人和四不像一起嚕嚕嚕地摸到會議室門口，透過鑰匙孔吃力地朝裏望去，只見甦醒過來的少女正一步步逼近尼科爾院長。

「你是……誰？」尼科爾院長謹慎地問。

少女無視提問，緊緊地盯着院長，機械地重複道：「把東西還我！」

尼科爾院長上下打量着少女，眉頭皺得更緊了：「請先回答我，你是誰？」

大家又把目光挪回少女身上。

少女伸出手，還是那句話：「把東西給我！」

……

會議室內，院長和少女堅持重複着自己的要求，場面猶如唱片機卡住了一般，十分詭異。

　　會議室外，布布路他們貼在小小的鑰匙孔前，眼睛都看成鬥雞眼了。

　　鑰匙孔實在是太小了，大家擠得滿頭大汗。四不像不耐煩了，狂躁地叫起來。布布路忙捂住四不像的嘴，結果反被咬一口。賽琳娜和餃子又手忙腳亂地去捂即將叫出聲來的布布路的嘴。一陣推搡之下，不知誰撞到門上，嘎吱一聲，院長室的門被撞開了。

　　「哎喲！」擠在門邊的布布路四人和四不像一股腦兒地摔進屋裏。

　　嗚呼，偷聽暴露了！

　　餃子三人心中大呼不妙，只有布布路渾然不覺，一個翻身從地上躍起來，冒失地走到對峙中的少女和尼科爾院長面前，問：「你是誰，為甚麼不告訴院長爺爺呢？院長爺爺是個大好人，一定會幫助你的。」

　　「對不起，院長，我們……」賽琳娜、餃子和帝奇頭疼地衝過來抓着布布路撤退。誰也沒想到，少女竟然開口回答了布布路：「我不知道自己是誰。」

　　不知道？怎麼可能有人連自己是誰都不知道？

　　在場的人全都露出了驚訝的目光，餃子忍不住追問：「你的意思是，你的名字、出生、年齡、家庭情況……這些基本資訊你都不知道？」

　　少女一臉茫然地陷入沉思，然後搖頭說：「是的，我統統都不知道……」

「噢……」布布路無比同情地看着少女,「難道你得了健忘症嗎?真可憐……」

「布魯布魯!」四不像也應和着甩了甩長耳朵。

「閉嘴!」留意到院長和在場兩位導師嚴峻的目光,賽琳娜拉了拉布布路和餃子。

金貝克投來嫌棄的眼神,科娜洛眉頭緊鎖,尼科爾院長甚麼話都沒說,只是目光穿透眼鏡嚴肅地看着四人,布布路他們立刻訕訕地低頭站成了一排。

金貝克幸災樂禍地撇撇嘴,剛要開口譏諷,卻換成一聲哀號:「哎喲!」

原來是給他處理傷口的科娜洛「不小心」加重了手上的力量。

「既然你連自己是誰都不知道,為甚麼要來十字基地問我

要東西?」院長終於出聲了。

少女將手伸向口袋,拿出一個小本子,她邊翻本子邊說:「我不是健忘症患者,而是一個丟失了記憶的人!」

「丟失記憶的人?」布布路困惑地抓着後腦勺,「那和健忘症有甚麼區別嗎?」

「我的記憶力好像只能記住一兩天內發生的事情!但有時候我腦海中又會閃現出一些記憶的片斷,我把那些片斷在還記得的時候都寫在這個本子上了,每當我閱讀它,就能在腦子裏逐漸呈現出一張記憶拼圖的輪廓⋯⋯」

少女深吸了一口氣說道:「本子最初記載着,我被監禁在一間完全封閉的房間裏,房間裏甚麼都沒有,只有一扇永遠都打不開的門。沒有人和我說話,我也見不到任何人,三餐都是通過門下方的小鐵窗送進來的。我的脖子上套着鐵環,鐵環連接的鎖鏈嵌在一面牆裏。鎖鏈很結實,怎麼用力都掙脫不掉。但是我知道我必須逃離那裏,因為有個聲音不斷地在我腦海深處提醒我:去找那個人,他就在摩爾本十字基地!

「幾天前,機會終於來了。房間外面發生了大騷動,先是激烈的打鬥聲,隨後是地動山搖般的大地震,我身後的那面牆轟然倒塌,鎖鏈斷開,我就乘機逃出來了。」

「那你記得是誰把你關起來的嗎,關你的地方在哪裏?」院長若有所思地問。

少女困惑地搖搖頭:「我不記得了⋯⋯那個地方⋯⋯很隱祕,從小鐵窗往外看去只有灰暗的天空,我根本就無法確定

那是哪兒。我只知道在那面牆倒塌之後，我看到了一道傳送光柱。我一走進去就來到了一片陌生的樹林裏，然後我一直沿路找尋着來到這裏。」說到這裏，她直視尼科爾院長，「我腦中那個聲音要我去找的人就是你！那個聲音告訴我，只要找到你，拿回『時之鍵』，我就能知道自己是誰！」

聽到「時之鍵」三個字的時候，尼科爾院長明顯全身一震。

記載歷史的祕寶

聽完少女的講述，所有人心中的疑問更多了。少女的記憶哪兒去了？又是誰囚禁了她？這些和尼科爾院長有甚麼關係嗎？最關鍵的是 ——

「院長爺爺，時之鍵是甚麼？」

布布路十分「不禮貌」地直接問尼科爾院長。

「這個世界上能使用時之鍵的只有一個特別的人！」尼科爾院長並沒有正面回答，沉默許久才神色複雜地看向少女，「如果你就是那個特別的人，那麼你身上一定有那個東西。」

尼科爾院長走到少女身邊示意她低下頭，露出後頸。

只見少女後頸正中，隱隱浮現出一朵紫色的重瓣花朵印記。

布布路他們湊過去看，大家都認識，這種花叫米多麗，象徵着希望，是藍星上很常見的花朵，每到這個季節就會盛開。

在身體上紋出各種刺青並不罕見，只是少女頸後的印記卻

十分不尋常。賽琳娜肯定地說：「這樣若隱若現的印記絕非刺青術所能做到，這印記的紋理與皮膚幾乎融為一體，就像是天生的胎記一樣，太不可思議了。」

「難道她真的是……」科娜洛顯然也知道一些內情，吃驚地看向尼科爾院長。

「印記的位置一模一樣……看來錯不了。」院長激動地看着少女，語氣尊敬地說，「您果然還活着……」

尼科爾院長恭敬地將少女扶到會議室正中那張他從不讓人碰的智慧樹椅子上，這才看向布布路他們：「你們聽說過『時之輪』嗎？」

時之輪？不是時之鍵嗎？怎麼又是輪，又是鍵的？布布路四人滿頭霧水地大眼瞪小眼，連一向見多識廣的餃子也沒聽說過。

「你們不知道並不奇怪，因為時之輪是藍星上最珍貴、最神祕莫測的祕寶之一。」尼科爾院長彷彿能猜出布布路四人的心思，用指尖推了推小圓眼鏡，向他們解釋道，「在藍星有人類之前，巨大的時之輪就存在了。沒有人知道時之輪從何而來，有人猜測它其實原本就是藍星的一部分……不論如何，時之輪客觀而忠實地記錄着藍星上所有發生的事情，大大小小，無一疏漏。換句話說，時之輪是一本包羅萬象、真實無比的浩瀚歷史文獻。而時之鍵就是開啟時之輪的鑰匙……只不過，能夠讀懂時之輪的人，每個時代只有一個。

「時之輪通過唯一一個選定的人類向世界傳授着它記載的

巨量歷史資訊，被選中的這個人被稱為『真理守護者』。這個特別的人出生時，身上便會帶着一枚紫色的重瓣花朵印記，那代表着他（她）將傳承整個守護者家族的使命，能夠讀懂並繼承時之輪中的海量歷史。那是無比龐大、錯綜繁複的資訊，多到讓人難以想像……這樣的守護者，每一代只有一個，只有當現任的守護者去世了才會出現繼任的人。」

「這能力真是太神奇了！也就是說，真理守護者一出生，就是通曉天地、無所不知的人！」餃子驚歎地說。布布路三人也都瞠目結舌，全都吃驚不已。

怪物大師職業選定指南

這是成為怪物大師的必經之路!!!

尊敬的讀者：現在你跟隨布布路一起踏上了成為怪物大師的道路·向所有的困難發起挑戰吧！

Q01

大清早，有人來你所在的怪物大師培訓基地挑戰，你作為基地的怪物大師預備生會怎麼做？

A. 積極應戰。

B. 以理服人。

C. 戰或不戰，一切聽從導師的安排。

D. 事不關己，繼續悶頭睡覺。

E. 像路人一樣圍觀。

■即時話題■

賽琳娜：好麻煩，自從米多麗之後，最近來十字基地挑戰的人有點多，而且理由千奇百怪，居然還有甚麼「為了在來年的招生考試上讓導師們記憶猶新，所以要轟掉十字基地大門」這種超級無厘頭的理由！

餃子：就是嘛，最麻煩的是這已經是我們第十次修整粉刷十字基地的大門了！等誰再來一次，我就要加入帝奇那邊，直接對那些傢伙甩飛鏢砸東西！

布布路：這樣不太好吧，這是尼科爾院長交給我們代替科森翼龍的守門任務，而且院長爺爺說過我們要以理服人，不能以暴制暴！

帝奇：哼！

賽琳娜：不好了，布布路，你家的怪物又和一個挑戰者在對峙，它張大嘴巴了……天哪，難道它要打出火球嗎？

布布路：應該不會吧，它已經完全消化了炎龍之魂的殘餘力量，不會再打火球嗝了。

餃子：我看見了，比火球嗝更糟糕，它在對人家吐口水！

帝奇（嫌棄地推開布布路）：你和它，都髒死了！

完成這個測試後，你可以鑒定自己適合成為甚麼類型的怪物大師。

記下你的選擇，測試結果就在第十部的 204，205 頁，不要錯過哦！

冰封的時之輪

MONSTER MASTER 10

新世界冒險奇談

第三站 STEP.03

十影王——夏蓮
MONSTER MASTER 10

守護者的宿命

　　難怪院長對少女如此尊敬，她就是那個特別的人嗎？眾人聽到這裏，心中全都猜出了七八分。

　　「在世人眼中，成為真理守護者是莫大的幸運和光榮，可事實並非如此。」尼科爾院長深深地歎了口氣，「時之輪中記錄的歷史全都是絕對真實的，但真實的東西並非都是美好的，甚至大多數都是黑暗而不可告人的東西，所以，這些歷史會給守護者帶來極大的精神折磨！試想一下，當你還是個懵懂稚嫩

的小孩子的時候，腦中卻堆滿了全人類沉重而壓抑的記憶。世間萬物都調動不起一個孩童該有的好奇心和想像力，明明是稚嫩的身體卻裝着看透一切的精神，能輕易看透一切虛浮的表像，那些隱藏在現實背後的醜陋和虛偽會極盡所能地摧殘和扭曲孩子脆弱的精神世界。」

「也就是說，生為真理守護者注定要犧牲自己的整個人生，而且，根本沒有選擇的權利……」大姐頭倒吸了一口涼氣，難以置信地看着面無表情的少女，所以，她才丟掉了記憶嗎？

「事實上，大多數真理守護者最終都是在極度瘋癲或抑鬱中度過他們的一生。」尼科爾院長語氣深沉地回憶道：「我有幸認識最後一位出現在人們視野中的真理守護者——夏蓮，她是少數沒有失去理智的真理守護者，也是歷代守護者中最優秀的一位。她一直很開朗堅強地活着，她說只要她一直活着，守護者一族中就再也不會有人面臨同樣的命運悲劇……」

提到夏蓮，帝奇小心翼翼地開口問道：「院長，您說的那位夏蓮和十影王之一的夏蓮是同一個人嗎？」

餃子和賽琳娜眼中也帶着同樣的疑問，只有布布路滿頭問號。

「十影王裏也有一個名叫夏蓮的人？」布布路雙眼發光地拉住帝奇。

帝奇嫌棄地轉過頭，不想和眼前這個孤陋寡聞的傢伙扯上關係。

「笨蛋，就算歷史課還沒學到夏蓮所活躍的時代，但有關

十影王的事情，難道不是常識嗎？」賽琳娜無奈地把布布路拉到身邊，小聲告訴他：「十影王之一的夏蓮出生在距今二百多年前，據說天生就是個通今博古的神童，藍星上的任何疑問都可以在她那裏找到答案。史書曾經記載，夏蓮是唯一一個沒有怪物卻能在怪物大師管理協會佔據重要一席的人，她被無數怪物大師精英奉為神一般的智者。同時，夏蓮還是最年輕的十影王！」

「沒有怪物的怪物大師？」布布路詫異極了，他第一次知道十影王中竟然有這樣的人物。

「不僅如此……」院長瞇起眼，布布路覺得或許是自己眼花了，竟然看到院長的眼角有淚光在閃動，「夏蓮也是我最敬重的老師。」

夏蓮居然是尼科爾院長的師父！所有人都驚呆了。

百年後的重逢

「哇！後來怎麼了？院長快給我們講講夏蓮的故事吧！」布布路整張臉都興奮得發光了。

尼科爾院長摸了摸長長的白鬍子，繼續說道：「第一次見到夏蓮，我還是一個意氣風發的少年，她得體的談吐和淵博的知識令我不敢相信她是一個比我還小的孩子。之後我跟隨她學習，她教導我許多至今受用無窮的知識和道理。

「夏蓮小小年紀就位列十影王，可是，也正因如此，她沒有

了自我。她永遠無法體會一個普通人的成長過程，無法瞭解一個普通人的喜怒哀樂。十多年的人生，她幾乎沒有真正屬於自己的時間……因此她常常對我說不希望守護者家族有人像她一樣繼續這種悲劇的宿命。

「某一天她突然來找我，說她終於找到了終結時之輪守護者一族命運悲劇的方法。隨後，她留給我一封信和一件信物便消失了……那件信物便是這位少女口中的時之鍵，信中她提到，希望將來時之鍵再被使用時，是作為開啟新時代的鑰匙，而不是噩夢的延續……

「夏蓮失蹤的消息當時舉世震驚，百餘年來再沒有新的真

理守護者出現，守護者家族雖然從此沒落，卻過上了正常人的生活⋯⋯所以，我一直堅信夏蓮還活着。」

說到這裏，年邁的尼科爾院長突然撫胸屈膝，對少女深深行了個禮：「沒想到在我垂垂老矣的時候還有幸能再次見到您，我最尊敬的師長、信賴的摯友 —— 夏蓮！」

甚麼？這個怪力少女就是夏蓮本人？所有人都震驚地面面相覷。

百餘年前的人怎麼可能維持着少女的模樣？可是，在夏蓮之後的確再無新的真理守護者出現，如果她真是時之輪龐大歷史資訊的繼承者，那個無所不知的智者，掌握永葆青春的祕密似乎也不是那麼難以想像⋯⋯反而，如果平平無奇才是件奇怪的事。

眾人轉念一想，又覺得一切似乎合情合理。

想到坐在這裏的少女竟然是院長的師父，上至科娜洛、金貝克，下至布布路四人全都恭敬地向少女低下了頭。

「夏蓮大人！多有冒犯⋯⋯請您寬宏大量，原諒我這無知小輩吧！」金貝克突然意識到自己做了甚麼不得了的事，四肢伏地，嘴脣哆嗦着哀號起來，並誇張地努着嘴，示意布布路他們一同道歉。

「你們不用對我如此行禮⋯⋯」一直在旁邊默默做着記錄的少女終於開口了，「因為你們說的這些我全都不知道，我很難將你們所說的十影王跟自己聯繫起來，也不知道自己究竟是不是夏蓮⋯⋯我只是遵循着腦海中的那個聲音，來找尼科爾

院長要時之鍵的，除此之外，我甚麼也不記得⋯⋯」

院長歎了口氣：「我不明白為甚麼您會丟失了記憶，不過，從您唯獨記得要來找我要開啟時之輪的鑰匙這點來看，顯然一切和時之輪有關吧！」

「也許⋯⋯那聲音是真理守護者潛意識中的本能？」餃子腦子轉得飛快，根據院長的回憶推測道：「我想既然時之輪原本就只有守護者家族的繼承人可以讀取，並需要借助時之鍵來開啟，夏蓮只要想辦法一直讓自己活着不就是最簡單終結整個家族悲劇的方法嗎？說不定⋯⋯失去記憶就是永葆青春的副作用⋯⋯」

「不管怎麼樣⋯⋯時之鍵是我唯一記得的東西，這就是我存在的意義。也許開啟時之輪我就會瘋掉，甚至會立刻死掉，但是我必須找回自己，找回記憶！」少女深吸了一口氣，擲地有聲地說。

說完，她堅定地看着院長，重複着開頭那句話：「請把時之鍵給我！」

「既然您決心已定，時之鍵自然要物歸原主，請您在會議室稍候片刻，我這就去取。」尼科爾院長邊說邊示意科娜洛他們好好照顧夏蓮，便弓腰退了出去。

一直守在門口的科森翼龍就像忠實的士兵一般跟着院長飛了過去。

新的名字，新的開始

誰也沒想到，就在這樣一個平平無奇的日子，大家竟然有緣得見傳說中的十影王之一夏蓮，而且布布路四個預備生居然還狠狠地跟她過了幾十招。

布布路心中暗暗覺得有趣，忍不住獨自偷笑起來。

「咳咳！你這個吊車尾的……」金貝克導師猛咳幾聲，壓低聲音提醒布布路他們要莊重，又獻媚地對夏蓮說：「夏蓮大人，不知道您還有甚麼吩咐？」

「不，你們不用這麼多禮。」少女尷尬地搖搖手，似乎不習慣被人這麼對待。

「對了，因為你不記得了嘛，其實重新開始人生不是也很有趣嗎？我們交個朋友吧，米多麗。」布布路開朗地咧開嘴角，不知道是不是因為少女看來跟大家年齡相仿，讓他很有親切感。

「米多麗……你是叫我嗎？」少女重複着布布路隨口說出來的這個新名字，眼前這個有着爽朗笑容的少年讓她有種莫名的親切感。

「喂！布布路，你怎麼能隨便給夏蓮大人取外號呢？」賽琳娜額頭上青筋跳動，叉腰教訓道。

「這是個說話不動腦筋的鄉下孩子，請夏蓮大人不要見怪！」餃子趕緊幫腔，順便把布布路從少女身邊拉開。

「我喜歡這個名字，請大家就這麼叫我吧！」少女露出了見

面以來的第一個笑臉，她摸了摸脖子後的米多麗印記，似乎喜歡這個名字勝於夏蓮。

隨後，在眾人目瞪口呆的注視下，她在自己的小本上寫道：「在我記錄的記憶中沒有關於名字的任何記載，今天我決定以藍星的希望之花──米多麗，為自己命名。」

既然師父的師父發話了，導師們也沒話說了。只是金貝克的表情看來就像吞了一隻陳年的酸檸檬。

「對了，我們輪流做自我介紹吧！」在賽琳娜的提議下，餃子和帝奇都挨個跟米多麗做起自我介紹來。

大家聊得正起勁，一直站在門口等着校長的科娜洛導師突然出聲了：「你們不覺得……院長去拿東西的時間太久了嗎？」

的確，餃子掐指一算，院長去的時間足夠在十字基地繞上好幾個圈了！

「也許，院長爺爺老眼昏花，忘記把時之鍵放哪兒了？」布布路毫不在意地撓撓頭。

「白痴！他可是被稱為『不死老者』的尼科爾院長，你以為他是普通老人嗎？」帝奇斜了布布路一眼。

「院長應該是回院長室了，他老人家向來把重要的東西都鎖在裏面，要不我們去看看吧……」不知為何，說這話時，科娜洛心中總有一絲不好的預感。

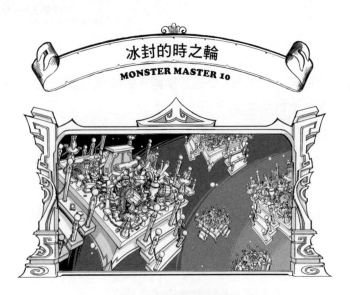

冰封的時之輪

MONSTER MASTER 10

新世界冒險奇談
第四站 STEP.04
神祕的藏寶屋
MONSTER MASTER 10

驚嚇，不對勁的院長

一羣人由科娜洛帶隊往院長室走去，很快，科娜洛的預感就被驗證了！

大家漸漸走近院長室，一股嗆鼻的焦味撲面而來，等趕到院長室門口時，一行人不禁驚呆了。

院長室內一片狼藉，牆面焦黑，屋頂飛掉一半，落地玻璃窗整面粉碎，巨大的書桌翻倒在地，上面插滿玻璃碎片，椅子缺了腿，泡在泥漿裏，各種榮譽勳章和重要文件撒得遍地都是。

但相比起他們接下來看到的一幕，房間內的破損根本不值一提。

房間盡頭，尼科爾院長雙眼緊閉，昏倒在地上，身上的白袍骯髒不堪，還沾了不少血，平日裏架在鼻樑上的小圓眼鏡也碎在了他身旁。

「院長……受傷了！快來人啊！院長受傷了！」金貝克驚慌失措地在原地打轉。

「天哪，怎麼會這樣？院長被人打傷了嗎？」賽琳娜心驚地問。

科娜洛導師趕緊上前為尼科爾院長察看傷勢，金貝克導師則在一旁檢查現場。

「誰？究竟是誰幹的？」布布路憤怒極了，他的拳頭握得緊緊的。

擔憂、憤怒、震驚……種種情緒出現在大家臉上。要知道有着「不死老者」之稱的尼科爾院長可是當代怪物大師中數一數二的強者，甚至曾有人這樣形容：如果在十影王之外再加一個席位，那就非尼科爾院長莫屬。居然有人能夠打傷他！

「根據現場來看，這裏應該經歷過一場激戰，但是我們卻完全沒有聽到任何動靜，不可能啊……」餃子謹慎地打量四周。

「不光如此，院長的傷勢也很不正常。」帝奇圍着尼科爾院長轉圈圈，根據經驗分析道：「看！院長的頭髮與鬍子裏滿是土石元素攻擊過後的沙石碎粒，他的袖子上卻有被大面積

灼燒的痕跡！但是那些燒焦處又明顯被水浸濕，而整件袍子從被撕扯和劃傷的程度看來，應該還承受了相當強烈的颶風攻擊……」

餃子和帝奇有條有理的分析讓科娜洛導師有些刮目相看，就連一貫看他們不順眼的金貝克導師眼神中也流露出一絲讚許之色。

「土、火、水、風都到齊了！難道……院長爺爺是遭到一大隊人的攻擊嗎？」布布路腦子裏冒出一個奇怪卻合理的念頭，同時他用鼻子嗅了嗅空氣說道：「但是我聞不出有任何其他人留下的氣味啊！」

「可是……這隊人馬究竟該多厲害，才能夠闖入守衛森嚴的摩爾本十字基地，準確無誤地找到院長室，在一瞬間打敗這位了不起的大師，並在這麼短的時間內連氣息都一絲不剩地消失？」賽琳娜尋思着，提出疑惑。

所有人心頭一緊，賽琳娜所說的堪稱不可能完成的任務！

正在這時，科娜洛對大家做了個噤聲的動作：「不要吵，院長醒過來了！」

看到尼科爾院長動了動眼皮，大家都緊張地圍了上去。

迎着眾人關切的目光，尼科爾院長終於虛弱地睜開了眼睛，逐一打量着大家，但不知為何，尼科爾院長的眼神似乎和平時不大一樣。

「嗚……好痛！」隨後，尼科爾院長注意到了自己身上的傷口，喃喃道：「為甚麼我會受傷，是誰對我下的手？」

甚麼?院長自己也不知道是誰對他下的手?

就在所有人都難以置信地瞪大眼睛時,院長問出了更讓人大跌眼鏡的話:「你們是誰?」

轟!這句話猶如平地起驚雷,在場的人一下子炸開了鍋!每個人都七嘴八舌地說個不停。

「院⋯⋯院長,您不認識我了嗎?我是金貝克啊,當年我對自己未來要走的路產生迷惑時,是您讓我留在十字基地當導師的啊!」金貝克激動得幾乎哀號起來。

「院長,我是聽您的課長大的啊,您都不記得我了嗎?」科娜洛難過得淚流滿面。

餃子也緊張地說:「我們是您破格錄取的預備生,您統統都不記得了嗎?」

「院長爺爺,我是布布路,它是四不像,您不是說它是個不得了的怪物嗎,您怎麼會不記得我們呢?噢,一定是那羣壞蛋把院長爺爺揍得不認識我們了,哇啊啊,可惡!」布布路急得團團轉。

「布魯,布魯布魯!」四不像張牙舞爪地配合着發出怪叫。

大家七嘴八舌說得辛苦,尼科爾院長卻彷彿在聽別人的故事一樣,許久才慢慢開口道:「好了,我知道你們是誰了,但我是誰呢?」

短暫的寂靜之後,四處漏風的房間內爆出更大的慘叫聲。

「不得了!院長大人真的被揍傻了!!」

在一堆垃圾中找寶貝

　　藍星上最有名的怪物大師培訓中心 —— 摩爾本十字基地最偉大的尼科爾院長竟然連自己是誰都不記得了，大家一下子全慌了。

　　「都給我鎮定下來！」科娜洛充滿豪氣地一抹眼淚，冷靜地下達指令，「我們現在趕快搜查一遍院長室，任何疑點都不能放過！」

　　眾人立刻着手在院長室裏一通翻找，可是室內被損毀得太嚴重，除了偶爾能找到一兩件倖免於難、沒有被損壞的小物品之外，大家毫無所獲，打倒院長的人根本沒留下任何線索。

　　餃子傷腦筋地攤攤手：「唉，這簡直就是在一堆垃圾中找寶貝……」

　　「你這吊車尾小隊中的一員，竟敢公然詆毀偉大的尼科爾院長的辦公室是一堆垃……」金貝克擺出一副臭臉正要教訓餃子，忽然，西側的牆壁表面像液態水一般湧動、扭曲起來，並微微散發出幽幽的藍光。

　　漸漸地，牆面變得愈發透明，眾人的視線穿過牆體，看到一個奇怪的空間，空間裏閃爍着迷幻而又絢爛的奪目光彩，彷彿沒有盡頭似的向裏延伸着……

　　金貝克用力地揉着眼睛：「這……這是幻覺還是真的？」

　　「噢！是密室嗎？我們進去看看吧！」布布路眼中閃着好奇的光芒，帝奇緊跟着布布路，他們兩個打頭陣推了推牆壁。

　　見牆壁似乎變成了某種可穿透的物質，兩人大膽地邁進去。

　　餃子、賽琳娜、米多麗和科娜洛緊隨其後，金貝克攙着受傷的尼科爾院長，一行人魚貫而入。

　　一進入牆壁後的隱藏房間，大家頓時覺得兩隻眼睛都不夠瞧了，裏面林林總總堆滿了各種各樣的物品，大多是書籍和卷軸，但其中也不乏保存得極好的古董，再就是些聞所未聞、叫不出名堂的東西了……

　　總之，層層疊疊，數量驚人！找個下腳的地方都很難……

　　「哇！這地方太棒了……」餃子嘖嘖稱奇，口水都差點從面具後噴出來了。

　　賽琳娜撿起身邊的一卷畫軸，展開後驚喜得跳起來：「天哪，亂世英雄錄！描繪的是卡桑德蘭大帝離開家鄉的第一場戰役，上面的人物全都能動，作畫的人是當時鼎鼎有名的藝術怪物大師安奇・雅格！」

　　「咦？這個小黑盒是裝甚麼的？」布布路好奇地伸手想要碰一碰一隻棺材造型的小黑盒。

　　「別亂動！」帝奇啪的一下拍開了布布路的手，「這是一種暗器，若是觸發機關，這裏的人都會死無葬身之地！據我所知，它流行於暗塵紀，其製作方法早已失傳。」

　　「噢噢噢，這些都是了不得的寶貝啊，這個雜物室真厲害！」布布路摸了摸吃痛的手，目不暇接地打量着滿屋的新奇之物，感歎連連。

金貝克忍不住向尼科爾院長請教：「院長，您的辦公室怎麼會有密室，這是甚麼地方？」

可惜院長的眼神比金貝克還茫然，他連自己是誰都不記得，又怎麼會記得甚麼密室⋯⋯

科娜洛導師像是突然想到了甚麼，難以置信地嘀咕道：

「這裏該不會就是十字基地的藏寶屋吧？以前院長說過，他很想找時間整理一下歷代院長都沒有打掃過的藏寶屋，但又無從下手，所以就順其自然地讓它繼續亂下去了。當時我還以為院長在開玩笑，藏寶屋不是十字基地的十大怪談之一嗎？怎麼可能真的存在……」

「我也聽說過這個怪談，」餃子眼前一亮，「阿不思曾跟我提過，藏寶屋裏的東西只有你想不到的，沒有你找不到的，有些甚至會超出你的常識範圍……只是進入藏寶屋必須有特定的暗號，整個十字基地裏只有一個人知道這個暗號，那就是院長大人！不知道院長被襲擊這一事件是不是與藏寶屋有關？」

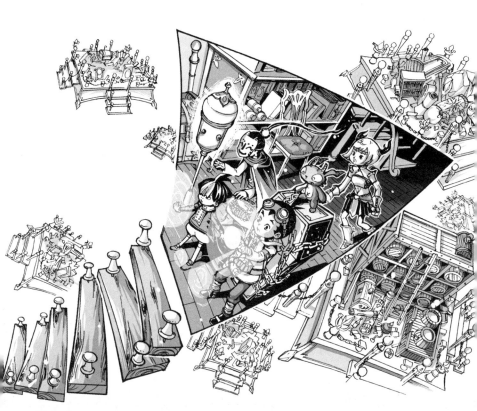

怪物大師職業選定指南

Q02

基地的院長突然在辦公室內遭遇襲擊而重傷，基地內一片大亂，此時你會怎麼做？

A. 時時刻刻都守在受傷的院長身邊，防止再有襲擊發生。

B. 立刻着手追查襲擊者的身份。

C. 與導師們一起調查辦公室，並輪班參與基地的巡邏。

D. 完全不受影響，按部就班繼續日常生活。

E. 借此機會要求執行其他預備生來不及執行的任務，獲得更多的學分。

■即時話題■

金貝克：我向院長提了建議，如果以後再碰上破壞基地設施的人，一定要讓他支付重建費用！我們十字基地的營運費用可是有限的，我都 N 多年沒有漲過工資了！

科娜洛：你的建議雖然不錯，但忽略了現實中的許多不確定因素，比如說，破壞的背後是否存有隱情、是否能當場就抓住破壞者等！

金貝克：哼，說來說去，你就是嫉妒我這個英明神武又善良賢能的導師所提出的好建議！

科娜洛：……

布布路（跑過來）：金貝克導師，院長爺爺要我把這個賬單給你，他說不能讓失去記憶的十影王夏蓮付款重新維修大門，所以要從你的工資裏扣……

金貝克：嗚啊，大紅武章，從這個月開始我們只能吃減肥餐，每頓一片小麵包加一杯水……

科娜洛：嗯嗯嗯，看來院長很願意接受你的建議。（拍金貝克的肩膀）

完成這個測試後，你可以鑒定自己適合成為甚麼類型的怪物大師。

記下你的選擇，測試結果就在第十部的 204, 205 頁，不要錯過哦！

冰封的時之輪

MONSTER MASTER 10

新世界冒險奇談
第五站 STEP.05

突如其來的暗襲
MONSTER MASTER 10

坦布林魔鏡

　　布布路他們進入十字基地十大怪談之一的藏寶屋，餃子的問題立刻吸引了所有人的目光。

　　「米多麗來索要時之鍵，隨後院長被偷襲，這些絕非巧合和偶發事件，一定有原因，只是我們暫時還沒有頭緒……」餃子托着下巴，慢條斯理地分析道。

　　科娜洛認同地點點頭，但還是心存疑慮地說：「這裏應該是十字基地安全級別極高的地方，應該是極難進入的才對，怎

麼我們隨隨便便就進來了?」

「噢,如果我們能進來,那豈不是打傷院長的那批人也能進來?」金貝克連連頓足,焦躁地嚷嚷着:「還是那批人損毀了藏寶屋的機關,所以我們才能進來?」

「糟糕!這麼說恐怕時之鍵早就被搶走了!」布布路大呼不妙,「我們連時之鍵長甚麼樣都不知道!追都沒辦法追回!」

「米多麗,你知道時之鍵的樣子嗎?」賽琳娜心存一絲希望地問米多麗。

米多麗誠實地搖搖頭。

「怎麼辦?」布布路急得抓耳撓腮,「如果能知道剛剛院長室裏發生甚麼事情就好了!」

「不知道院長室裏有沒有蜂眼……」餃子小聲地嘀咕。

「廢話,院長室裏怎麼能裝蜂眼?誰有這個膽子敢監視偉大的尼科爾院長!」金貝克導師氣呼呼地兇吼着。

「大家快看這裏!」就在所有人束手無策的時候,站在一面斜放的鏡子前的帝奇開口了。

在帝奇的提示下,眾人的目光落到那面鏡子上,只見鏡中似有模糊的影像在晃動。布布路歪着脖子仔細看,突然叫起來:「咦,這不是院長爺爺嗎?」

四個預備生趕緊將鏡子扶正。

餃子眼睛一亮:「難道這是傳說中的……」

「太好了!它就是傳說中的坦布林魔鏡!可以記錄過去發生在它附近的所有事情,還可以按要求重播……全世界只有幾

面，想不到這裏竟然有一面！」賽琳娜激動地說道。

「那不就可以借助它來還原剛才發生的事了嗎？」布布路興奮地對着鏡子比手畫腳，「魔鏡、魔鏡告訴我們，剛剛都發生了些甚麼事情？」

在眾人的注視下，鏡中的畫面漸漸清晰起來 ──

完好無損的院長室裏，尼科爾院長神色凝重地站在牆前，輕聲道：「在一堆垃圾中找寶貝。」

「尼科爾，你就不能換個暗號嗎？我每次聽這個暗號都覺得很沒內涵。」科森翼龍在他身邊噴着鼻息，像個老朋友一樣嫌棄地嘀咕。

「這個暗號是歷代院長沿用下來的，我覺得很寫實，也很好記。」院長駕輕就熟地向藏寶屋走去。

「『在一堆垃圾中找寶貝！』這⋯⋯這句話是開啟藏寶屋的密語？」坦布林魔鏡前，餃子目瞪口呆，想不到自己竟然歪打正着開啟藏寶屋！

「還真是⋯⋯很沒內涵。」連金貝克都不自覺地說出心裏話，眾人紛紛點頭表示認同。

只有布布路的注意力在科森翼龍身上，他捂着嘴驚歎道：「科森翼龍會講話嗎？」

大家這才反應過來，這隻懶洋洋的怪物居然會講人類的語言，連兩個導師都全然不知！

暗襲的魔影

此時魔鏡裏的情景一變，眾人趕緊又將目光移回魔鏡——

一個一米高的石台矗立在藏寶屋盡頭，院長在石台前站定，石台中央擺放着華麗的紅色真絲絨墊，上面放置着一朵銀色的米多麗。細看之下能發現，那並不是一朵真正的花，而是一塊遍佈銀灰色條紋的晶石，晶石的中心位置如同脈搏一樣跳動着。

「科森，我心裏十分不安，」尼科爾院長鄭重地捧起晶石，語氣低沉地説：「我擔心整個事件是一個可怕的陷阱，但是我又必須要去嘗試，我決不能讓夏蓮獨自一人去面對如此坎坷的命運……這樣的錯誤我不能再犯了……」

科森翼龍安靜地趴在他身邊的地毯上，關心地説：「那麼你真的打算帶她去時之輪的所在地——『時之塚』嗎？」

院長正準備説些甚麼，一股滲人的寒風吹進房間……

「甚麼人？」突然，魔鏡中的院長和科森翼龍像是覺察到甚麼危險，同時面色緊張地站起來，但顯然他們的反應還是慢了一拍。

一聲震耳欲聾的巨響傳來，落地玻璃窗粉碎，狂風夾雜着無數碎片直擊而來！

院長搶過銀色花形晶石護在懷中，科森翼龍翅膀一甩，氣流掀起沉重的辦公桌，玻璃碎片全都深深刺入桌身，與此

同時，院長和科森翼龍分別一左一右閃開……

一瞬間，燈火熄滅了，破碎的窗外，一道赤紅色的人影彷彿是從圓月中出現一樣，直直落下來，無聲無息地立在窗沿上。

「把時之鍵交給我！」赤色的斗篷在風中獵獵作響，斗篷下的臉孔若隱若現，卻看不清他的模樣。

院長睜大眼睛，露出難以置信的表情：「怎麼會是你？為甚麼……」院長的聲音發顫，看起來不僅認識這個人，而且還對他非常畏懼。

「不想受傷就把時之鍵交給我！」來人的聲音異常低沉嘶啞，就像是從漏風的破風箱中發出來。

看到院長搖頭拒絕，他向尼科爾院長伸出了手掌——

只見四個不同顏色的能量旋渦，如同跳舞一樣從赤影的手掌心飛出，旋轉融合成一團暴烈的颶風，迅速席捲整個院長室！

颶風所經之處火星四濺、水流奔湧、土石逆飛、風聲猛烈，難以想像的強大破壞力令院長室內頃刻間一片狼藉。

更可怕的是，颶風如同長了眼睛，凌厲而精準地襲向尼科爾院長……

以一敵百的對手

轟轟轟……

透過魔鏡，布布路他們清楚地聽到震耳欲聾的聲響，這麼大的動靜足以傳遍基地的每一寸角落，他們之前不可能甚麼都

沒聽到啊！

奇怪的事情還不止這些，賽琳娜驚愕地叫道：「天哪，這個人沒有使用任何元素晶石就能自由地操縱四大元素，那四股形成颶風的旋渦分別是天火、颶風、狂流和土崩，只有藍星上最最頂級的火、氣、水、土晶石才能達到這樣的效果！」

「不僅如此，他還能悄無聲息地建立結界，」科娜洛神色凝重地指着魔鏡中赤影身後的一圈淡銀色光暈，「看到沒有？他用結界覆蓋了整個院長室，所以我們甚麼都沒聽到。」

眾人驚疑而仔細地看着魔鏡中慘烈的戰況 ——

轟！強大的元素颶風夾雜着霜火箭、天火隕石、寒冰刃、熔巖暴風這些頂級元素的攻擊方式，同時從四面八方朝院長襲來⋯⋯

尼科爾院長渾身是傷，白鬍鬚被燒得焦黑，一身白袍破破爛爛，血珠伴隨着狂猛的四大元素攻勢飛濺四散⋯⋯

科森翼龍發出憤怒的吼聲，巨大的腳掌重重踩向地面。

「沒用的！」院長氣息微弱地説，「他在周圍設置了氣流屏

障，震盪波在有限的空間是無法施展的，我們的聲音也被封鎖，無法傳達出去。」

颶風消散，傷痕累累的尼科爾院長轟然倒地，懷中的時之鍵骨碌碌地滾到赤影腳邊。赤影手心朝下，時之鍵直接被吸入他的手心之中。

「不……」院長掙扎着，不甘心地朝赤影伸出手。

赤影居高臨下地看着他：「我不想殺你，也不想傷害你，但為了避免日後的麻煩，我只能選擇這麼做……」

說完，赤影一把抓起院長的右手，用晶石米多麗在他的掌心劃出一道深深的口子，淋漓的鮮血頓時滴入花心……

「住手！」科森翼龍拍打着翅膀，扇起颶風，不顧一切地向赤影撲去。

電光石火間，不知甚麼東西橫空插過來，科森翼龍發出一聲痛苦的哀號，被一股莫名而巨大的力量打飛出去，鮮血飛濺，連堅硬的龍鱗也無法抵禦……

與此同時，院長的血已滲入晶石的花心之中，一道銀光從晶石中迸射出來，包圍住院長，短暫的停頓後，這些銀光咻地全部被吸回花心之中。

赤影手持時之鍵，腳下升起一股旋風，將他往上托升，身形漸漸向後退去……

赤影離開後，結界破裂，奄奄一息的科森翼龍化作一道白光鑽進了怪物卡……

新世界冒險奇談

第六站 STEP.06

啟程，奔向時間的墓地
MONSTER MASTER 10

至關重要的線索

鏡子外所有人都震驚了。

颶風中如此強大的元素攻擊，哪怕是一個精通元素攻擊的煉金術士，都需要一個繁複的召喚儀式！像這樣只是一瞬間，就能召喚這麼多不同種類且還相互混合的頂級元素攻擊的人，究竟有多麼強大？！

簡直是……以一敵百！見識到如此恐怖的力量，所有人都不自主地咽了咽口水。

同一個問題縈繞在眾人心頭——赤影究竟是誰？

「赤影竟然這麼輕鬆地擊敗『有着與十影王不相上下實力美譽』的尼科爾院長，還奪走了時之鍵，接下來會發生甚麼事情？」賽琳娜焦慮地走來走去。

「其實……我注意到一件事！」動態視力極佳的布布路表情複雜地說：「那個赤影的斗篷底面有幅我們熟悉的圖案。」

「難道是……食尾蛇？」餃子和帝奇對視一眼，能讓粗神經的布布路露出這種不自在的表情的也只有這個可能了。

又是這個邪惡組織在搗亂！金貝克狠狠咬着牙。

「食尾蛇是甚麼？」米多麗困惑地問。

「食尾蛇圖案是烏洛波洛斯的標誌，是一個專門和怪物大

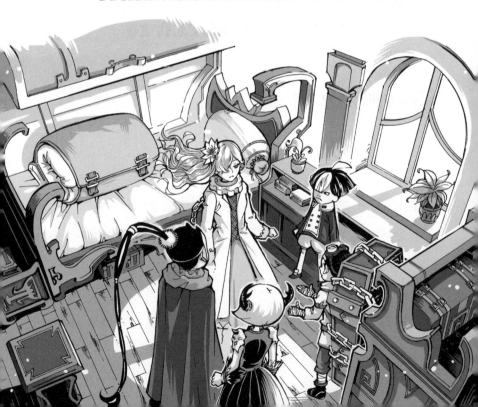

師對着幹的邪惡組織！」賽琳娜向她解釋道。

「既然食尾蛇搶走了時之鍵，定然是想開啟時之輪，得到時之輪裏面的海量信息；至於時之鍵裏的銀光，我想那極有可能就是導致院長失憶的原因，沒想到那時之鍵還有這種不可思議的作用！」科娜洛面色黑沉地說。

「可是……」布布路撓了撓腦袋，疑惑地問：「他們就算拿到時之鍵也沒用啊，不是說只有真理守護者才能讀取時之輪裏面的信息嗎？為甚麼赤影不把米多麗一起抓走呢？」

所有人都被布布路的這個問題問得沉默了，沒人知道答案……

「我看，我趕緊聯絡幾個偵查怪物大師，先去追蹤那個赤影吧！」金貝克提議道。

「可是……以赤影的戰鬥力，恐怕不是幾個人能對付的。」科娜洛憂心忡忡地說。

「放心，路上我會通知怪物大師協會的！你們照顧好院長和夏蓮大人！不能耽擱了，我這就出發！」一貫懦弱的導師金貝克此時表現出超強的行動力，讓布布路四人有些刮目相看。

「遵命！我們英明神武又善良賢能的金貝克導師！」布布路四人齊聲回答。

「我要帶院長去治療，你們先回宿舍吧，一定要照看好米多麗，以防食尾蛇再度來襲！記住老實留在基地裏，不許擅自行動！」科娜洛看向布布路四人，吩咐道。

科娜洛導師的指令不容置疑，布布路四人只得乖乖地帶着

米多麗走出院長室。

堅定的願望

　　布布路走在最前面，四個預備生帶着米多麗往宿舍方向走，米多麗刻意放慢腳步，落到了隊伍最後。她眼睛四下張望着，似乎在盤算着甚麼。

　　很快，前面出現了一個岔路口，正當米多麗準備偷偷調轉方向的時候，一張笑瞇瞇的狐狸面具赫然出現在她面前，餃子不知道甚麼時候繞到了她前面。

　　「你打算去追金貝克嗎？」擅長察言觀色的餃子早就察覺到米多麗神色不對勁了。

　　布布路三人也都呼啦一下圍了上來，齊刷刷盯着她。

　　「嗯……我一定要拿到時之鍵，」米多麗只好老實承認，「求求你們，放我走，讓我去時之塚找回自己的記憶！對我來說這是尋找自我的唯一方法。」

　　「食尾蛇可是一個異常危險的組織，我想他們可能掌握了某種不需要真理守護者也可以讀取時之輪的辦法，因此他們才不需要帶走你這個真理守護者，但這樣一來，他們也絕不會對你手下留情。擅自追上去是一件萬分凶險的事。」餃子警告道。

　　「我們的任務不是保護米多麗嗎？那我們也一起去吧！」布布路笑嘻嘻地咧開大嘴，提議道。

　　「喂，我說，布布路，米多麗，」餃子一臉「我就知道」的

無奈表情，悻悻地說：「雖然我不知道時之塚是個甚麼樣的地方，不過所謂『塚』，意思就是墓地，光是這個名字就說明那裏絕對不簡單，尼科爾院長也說那裏非常危險，你們兩個真的要……」

「不管是甚麼樣的地方，我都要去！」沒等餃子說完，米多麗就堅定地回答。

布布路大笑着說：「墓地能有甚麼危險？我最喜歡墓地了，我從小就生活在墓地裏！沒關係！」

「笨蛋！時之塚怎麼可能是尋常墓地！」賽琳娜一拳把布布路捶得滿眼冒金星。

餃子無話可說，就算他再心思縝密，也敵不過布布路無與倫比的一根筋思維，只好無奈地看向帝奇：「豆丁小子，你怎麼看？」

「我無所謂，這地方聽起來挺有意思的！」帝奇冷颼颼地說。

「我們真的要去嗎？據我所知，我們現有的史書刻意迴避了與時之輪相關的資訊，而守護者家族沒落以後，知道時之輪所在地的人恐怕當今世上也寥寥無幾，換句話說……這將是一趟未知的旅途。」賽琳娜提醒道：「而且，科娜洛導師可是反覆強調讓我們不要擅自行動的！」

「未知才有趣啊！而且，米多麗可是老師的老師的老師！她的指令應該可以高於科娜洛導師吧。」布布路這下腦子轉得飛快，他的表情毫無懼意，反而充滿了幹勁。

「好吧！既然祖師發話了，去就去吧。」餃子認命地撫額，

他好像開始漸漸習慣布布路的「多管閒事」了。

「事不宜遲，我們最好趕緊行動，偵查怪物大師走出太遠就不好追蹤了，另外一旦怪物大師協會介入，米多麗的行動恐怕會被監控起來，到時候做甚麼都不方便了！」帝奇鎮定地說。

「嗯，那我這就去開甲殼蟲。」賽琳娜點點頭。

「謝謝你們！」米多麗感激地看着大家，並抓緊隨身的小本子上把這些事情都記錄下來。

大家意見一致，四人帶着米多麗悄然溜出宿舍區，小心翼翼地出發了……

旅遊勝地狄巴小鎮

北之黎通往郊外的街道上，一輛甲殼蟲在無聲地行駛着，帝奇騎着巴巴里金獅跟在甲殼蟲後面。

「前面右轉。」車座上，布布路聳動着鼻子，為賽琳娜帶路。

「哇，你真厲害！」米多麗佩服地看着布布路，沒想到他還有這種不可思議的才能。

沿途的風景不斷變化，好幾個小時過去了，甲殼蟲載着布布路一行進入一個小鎮。

小鎮熱鬧非凡，到處可見穿着各國服飾的遊客，沿街分佈着鱗次櫛比的商鋪，熱情地向來往的遊人兜售各種稀奇古怪的貨品。

布布路好奇地問大家：「我們這是到了哪兒？」

「狄巴。」帝奇惜字如金地丟出個地名。

「堤壩？」布布路沒聽懂。

賽琳娜替帝奇回答道：「狄巴是個海濱小鎮，也是久負盛名的旅遊勝地，以清澈的海水和秀美如畫的風景著稱，常年遊客往來如織。」

「呃⋯⋯真奇怪，時之塚怎麼可能在這種人來人往的地

方……」餃子胃裏的東西全都吐個底朝天，難受地乾嘔着。

的確，這裏人實在太多了，雖然金貝克一行人的方向很不合邏輯，但現在只有這一條線索，所以布布路跳下甲殼蟲四下打探起來。

「噢噢噢！你們看！」布布路的注意力很快被街頭巷尾四處爬行的一條條巨型鬆毛蟲吸引了。

餃子不知從哪裏摸來一冊《旅遊指南》，現學現賣地給布布路解釋道：「這是狄巴特有的交通工具，叫鬆毛蟲車，它背上架着的蝸殼就是載人的車廂。」

說話間，遊人們排着隊登上蝸殼車廂，一排排載滿客人的鬆毛蟲車有條不紊地駛向不同的路線……

餃子迅速將《旅遊指南》翻完，可惜沒有任何資訊和時之塚有關。倒是瞭解到狄巴是整個藍星唯

——處能欣賞到「極光」的地方。極光是一道不定時出現的白色光柱，近距離接觸會灼傷皮膚，遠距離觀看卻堪稱奇景，更重要的是，傳說有幸見到極光的人，一整年都會有用不完的好運。也許這就是這裏聚集了這麼多遊客的原因。

不過布布路一行可不是為了欣賞極光才來到狄巴的，大家站在街頭互相對視着，毫無頭緒。

金貝克他們為甚麼來狄巴，時之塚真的在這種地方嗎？

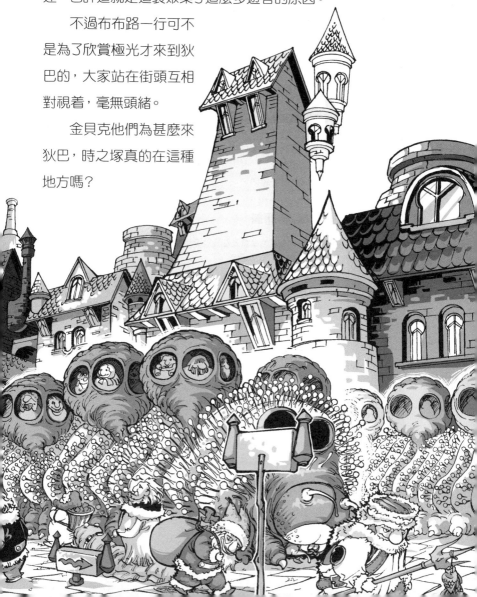

怪物大師職業選定指南

Q03 你和同伴們處於暗處,而你們追擊的敵人就在不遠處,但對手實力超羣,你們全部人一起上也可能不是對手,你會怎麼做?

A. 無所畏懼地直面敵人,與之對戰。
B. 設計陷阱,引敵人入局。
C. 及時聯絡上級,等待支援的同時,維持監視敵人的狀態。
D. 立刻撤退。
E. 將決定權交給同伴。

■即時話題■

餃子:我認為這件事需要從長計議,那隻怪物可不好對付,魯莽去追的話,反而會被它整得更慘。

賽琳娜:我同意餃子的說法,那隻怪物有時候陰險得人神共憤!哼!

帝奇:要不要設圈套誘惑它上鈎?它那麼喜歡吃,一定不會放過這個北之黎城中的湯姆師傅蛋糕店每日限量供應前五十位客人的吉祥草蛋糕!我在裏面加了足以迷倒十隻大象的迷藥,到時候一定會放倒它!

布布路:那個……你們只是要抓四不像去跟須磨導師道歉,不需要搞得像對付科森翼龍這樣的大怪物那麼大張旗鼓吧!

其他三人:別拿你的怪物和科森翼龍比!你難道不知道自己的怪物在十字基地就是惡魔破壞狂的代名詞嗎?!

布布路:對不起,我錯了……

完成這個測試後,你可以鑒定自己適合成為甚麼類型的怪物大師。
記下你的選擇,測試結果就在第十部的 204,205 頁,不要錯過哦!

測試結果就在第十部的 204,205 頁

這是成為怪物大師的必經之路!!!

尊敬的讀者:現在你跟隨布布路一起踏上了成為怪物大師的道路!向所有的困難發起挑戰吧!

MONSTER MASTER
◆LOVE◆DREAMS◆

新世界冒險奇談

第七站 STEP.07

冒險家丁克斯
MONSTER MASTER 10

鬧市尋蹤，丁克斯影像館

「奇怪，怎麼一進狄巴，金貝克導師的氣味就變得若有若無起來？」布布路着急地用鼻子猛吸了幾下。

帝奇面色嚴峻地說：「不光是金貝克，整隊偵查怪物大師都刻意把自己的氣息隱藏起來了。」

「這未必是壞事，」餃子眨巴着狐狸眼，「看來金貝克導師他們提高了警覺度，這也從側面說明現在可能已經距離追蹤目標很近了！」

「布魯布魯！」四不像突然雙眼放光，亢奮地怪叫起來。

眾人朝着四不像死盯的方向看去，一陣嘰哩咕嚕的異響立刻從他們癟癟的腹中冒出來。

原來前面有一個燒烤攤，吱吱作響的鐵板上鋪滿外焦裏嫩、金黃香酥的烤魚，小販塗抹着各種散發奇香的特色香料和醬汁。連夜趕路讓大家飢腸轆轆，這畫面和氣味把他們肚裏的饞蟲全勾出來了。

大伙兒齊齊轉向錢包最滿的賽琳娜，不久前她父親剛剛發了一大筆橫財。大伙兒用眼神無聲地哀求着：請我吃！請我吃！求你請我們吃烤魚……

賽琳娜無奈地從口袋裏掏出一把盧克，一羣餓鬼急不及待地撲向燒烤攤，毫不客氣地大吃大嚼起來。布布路與四不像上演食物爭奪戰，吃相難看無比，地上迅速堆滿魚骨頭。

米多麗看來也餓得不輕，嘴邊也吃得油汪汪的，賽琳娜和帝奇則相對文雅，最鎮定的是餃子，他邊吃邊別有用心地跟小販搭話：「狄巴真是個美麗的仙境，景色如畫，氣候宜人，食物也無比美味，您的手藝真是太好了，堪比頂級廚師……」

在餃子的吹噓下，小販得意揚揚，滔滔不絕地跟餃子介紹他的「獨家燒烤配方」，說完配方又說他的生辰八字，沒一會兒的工夫，布布路他們連小販家前十八代的先祖是誰都知道了。這時，餃子才裝作不經意地問：「您在這裏擺攤，一定見過不少奇怪的人吧？」

「那當然，」小販不假思索地回答：「剛才我就遇見一個，

大熱的天，那人竟然披着一件厚厚的赤色斗篷，把整張臉都罩住，連說話都不摘下面罩，更可氣的是，他連串燒烤都不捨得買，就厚着臉皮向我問東問西。」

「他問你甚麼？」賽琳娜終於明白餃子和小販閒聊的目的，哈，這傢伙果然滿肚子花招！

「他問我丁克斯影像館在哪裏，我看他根本是個鄉巴佬，連丁克斯影像館都不知道，還好意思來狄巴……」小販還在繼續說着，布布路他們卻再也沒有心情吃烤魚了。

小販形容的人顯然就是那個打傷尼科爾院長的赤影！

餃子翻開《旅遊指南》最後一頁，上面是一個穿着邋遢的人站在一棟破爛建築前的照片，照片旁附着幾行宣傳文字：

丁克斯，著名攝影家，旅遊愛好者，酷愛探險，挑戰普通攝影師捕捉不到的風景。

丁克斯影像館地址：栗板街 417 號。

賽琳娜付清烤魚的錢，為不引人注目，她將甲殼蟲停在隱蔽處，大家照着《旅遊指南》上的位址徒步趕路……十幾分鐘後，一行人來到丁克斯影像館門口。

「哦，」布布路把《旅遊指南》舉到眼前，挪開，又舉到眼前，又挪開，對着面前這棟岌岌可危的倒三角危房歎氣，「這地方比圖片照的還要破啊……」

「大概是因為沒甚麼客人吧。」賽琳娜揣測道。狄巴鎮上

到處都是人，唯獨這家影像館門可羅雀。

「噓！注意到了嗎？門是虛掩着的，有人進去了！」帝奇渾身肌肉緊繃，警惕地提醒道。

大家躡手躡腳地走近，側耳傾聽。

咦，奇怪！裏面一點聲音都沒有，安靜得連一根針掉在地上都能聽得見，好像根本就沒有人在。

帝奇推開了虛掩着的門，確認裏面沒有人之後，四人走了進去，米多麗緊隨其後。

計算之外的首次會面

裏面果然一個人也沒有。不過，影像館裏實在是太亂了！

昏暗的光線照在髒兮兮的地板上，地上全是散落的照片，看來都是丁克斯曾經去探險的地方：無法攀緣的筆直峭壁頂峰、充滿危險的屠戮沙漠、不見天日的深幽洞穴以及食人魔出沒的迷霧森林……每一張照片都需要攝影家抱着必死的決心才能完成。

大家在屋子裏四下搜索，布布路走到屋子最裏面，牆壁上覆蓋着直抵天花板的紅色厚毯，看起來像是攝影用的背景牆。

布布路好奇地將毯子掀開一個小角，竟意外地在牆上發現一扇門。

一無所獲的大家全都湊過來，布布路順着門縫往裏一看，立即驚呼道：「有人受傷了！」

大家快步衝進了房間，這是一個狹小而封閉的照片沖印室，地上躺着一個昏迷不醒的老者，正是攝影師丁克斯。

布布路他們焦急地上前檢視丁克斯的傷情，渾然不覺身後一股細微到幾乎難以察覺的氣流在房間內悄然吹過，等回過神來後才發現那氣流所過之處在每個人身上劃出了一道細小的口子，同時，幾人周身閃起細微的銀光。

「甚麼人？」帝奇如彈簧一般站起來，警覺地擺出備戰狀態。

點點銀光匯聚成一道詭異的光弧閃進了房間一隅，影子最漆黑的地方。

「布魯布魯布魯！」四不像甩着長耳朵，發出急促的怪叫。

大家凝神一看，赤影如同鬼魅一般悄無聲息地出現了！

他的臉依然遮得嚴嚴實實，單看他的眼睛，大家就能強烈感覺到他散發出來的那種強大到讓人窒息的壓迫感！儘管赤影沒有任何動作，但是眾人已經感到死神悄然將鐮刀置於頸邊！

餃子心中暗叫不妙，赤影怎麼還在沖印室？連敏銳的布布路都沒察覺到！此時恐怕最壞的情況已經出現！他們就這樣在毫無準備的情況下和赤影正面交鋒了！

餃子忙朝其他人擠眉弄眼，示意大家絕對不要和赤影硬碰硬，為今之計是要想盡一切辦法脫身。

誰知道，餃子的計劃下一秒就泡湯了，米多麗情緒激動地對着赤影喊道：「把時之鍵給我！」

房間裏的空氣凝滯了，赤影皺了皺眉，四周空氣中頓時湧起

濃濃的殺意，沉重的氣流在赤影周身盤旋，讓人不禁覺得呼吸都困難起來，彷彿有隻無形的手隨時會死死扼住他們的喉嚨！

「哼！」赤影發出了一聲輕蔑的笑聲，就聽唰的一聲，赤影夾起丁克斯，用不可思議的速度閃身消失了。

好一會兒大家才回過神來，賽琳娜忍不住開始全身顫抖，豆大的汗珠不停地往外冒。自從她得到水之牙後，能力得到大幅度提升，剛剛也只有她才能真實地感覺到赤影的強大。她知道如果真的與赤影動手，他們連萬分之一的勝算都沒有！

她閉上眼睛慶幸大家都撿回了一條命……

「呼！」賽琳娜虛驚地長噓一口氣，想要活動一下發麻的腿

腳，但她才站起來，就感到一陣天旋地轉的暈眩，無力地癱軟在地。

「大姐頭，你怎麼了？」布布路他們關心地想來攙扶，結果一個個全都摔趴在地。

不知怎麼回事，大家全身的力氣好像都被憑空抽走了，整個人輕飄飄的，腦袋漲痛，四肢酸軟，視線也難以聚焦。

短短幾分鐘後，奇怪的無力感漸漸消退，四人清醒過來。但是⋯⋯

大家疑惑地打量着眼前這間小小的沖印室，並用更加匪夷所思的眼神相互打量。片刻的沉默之後，四個人異口同聲地發出喉嚨撕裂般的叫喊——

「這是哪兒，你們是誰？」

新世界冒險奇談
第八站 STEP.08
不太和諧的同伴氣氛
MONSTER MASTER 10

互不相識的同伴

　　丁克斯影像館的沖印室中，傳出陣陣驚天動地的怪叫。

　　「喂，守墓人的孫子，你旁邊那個豆丁小子是誰？」賽琳娜困惑地看着布布路。

　　「大姐頭，你是說他嗎？」布布路好奇地指着臉色鐵青的帝奇，「他不是你新收的小弟嗎？你旁邊那個人好有趣，戴着狐狸面具，還留一根長辮子，是男，還是女啊？」

　　帝奇殺氣騰騰地瞪向布布路，布布路下意識地往後退了一

步，不留神屁股撞到一團軟乎乎的東西，回頭一看，一個渾身長滿鐵鏽紅雜毛的怪物正齜牙咧嘴地看着自己。

「布魯布魯！」怪物嚕地跳上布布路背後的棺材，揚起兩隻髒兮兮的利爪，對着布布路的腦袋就是一陣狂抓猛撓，似乎和布布路有不共戴天之仇。

「哇啊啊！」布布路痛得哇哇亂叫，滿屋子蹦跳。

「夠了，布布路，給我安靜，否則就對你不客氣了！」賽琳娜一聲驚天地泣鬼神的獅吼，把三個男生全都鎮住了，一個個膽寒地看着她。

看見三個男生都老實了，賽琳娜揚了揚下巴，逐一打量着三個男生，開始評頭論足起來：「你，布布路，雖然我知道你住在墓地裏，但沒事背個棺材，又帶個長相怪異的寵物，你的品位也太差了吧！」

「哦？」布布路扭頭看向身後那口黑漆漆的棺材，又看看坐在棺材上的雜毛怪，默默卸下棺材。

轟的一聲，沉重的棺材將地板砸出一個大坑。

賽琳娜三人嚇了一跳，同時吞了吞口水，這傢伙的力氣真驚人，他們之前看到他輕輕鬆鬆地背着棺材跑來跑去，還以為那個棺材只是個擺設呢！沒想到有這麼大的分量。

布布路絲毫沒有注意到三人詫異的目光，自個兒往邊上挪了挪腳跟，好離那個長相古怪的醜八怪寵物遠一點。

他的回避讓四不像非常不爽，它跳起來，直接啊嗚一口，咬在布布路頭上。

「嗷嗚，好痛！好痛！流血了！」布布路哀號連連，卻怎麼都甩不開四不像。一人一怪物在房間裏跑來跑去，化作一團小型颶風。

這下子，布布路不可思議的速度再度讓眾人一驚。冷着臉的帝奇難以置信地挑了挑眉頭，好像在說，沒想到這個看起來一臉白痴相的傢伙竟然有些本事。

餃子驚得當即對布布路豎起大拇指：「哇，沒想到這位叫布布路的小兄弟力大如牛、步如疾風，敢問尊駕師承何人……那個，你能不能順便再告訴我一下，這是甚麼地方，我怎麼會在這裏？」

「你還問他？我還想問你是誰呢！」賽琳娜見布布路也是滿臉「我甚麼都不知道」的表情，便扭頭狐疑地端詳着餃子，不知為何，總覺得這傢伙一副圓滑世故、不可信的樣子。

餃子摸摸臉上的狐狸面具，風度翩翩地甩甩長辮子，笑眯眯地回道：「這位美麗的小姐，在下名叫餃子，是個如同風一樣的美少年，深入骨髓的神祕感和浪跡天涯的憂鬱氣質是我的特點。至於個性嗎，忠厚老實又不失優雅貴氣，誠摯善良又不失風趣幽默……」

大家心中陣陣惡寒，賽琳娜選擇性忽略餃子的侃侃而談，轉而將目光落到帝奇身上，用俯視的角度看着他：「你這個子……唉，豆芽菜一樣，平時一定挑食，所以才營養不良成這樣！」

帝奇腦門青筋暴起，指間瞬間多出一枚五星鏢。

銳利的寒光沒有嚇到賽琳娜，反而引起她興奮的尖叫：「噢噢噢！這⋯⋯這上面刻的不是賞金王雷頓家族的族徽嗎？」

這一喊立刻引起餃子和布布路的注意，兩人湊過來與賽琳娜一起盯着帝奇手中的五星鏢。餃子邊看邊琢磨着圖案的真假，布布路則一頭霧水地嘀咕着：「賞金王是甚麼東西？」

「想不到這位小哥是雷頓家族的後代，真是失敬，失敬！」在確定徽章之後，餃子立即雙手抱拳，無比謙遜地作了個揖，隨後神祕兮兮地對帝奇附耳道：「嘿嘿，現在這是甚麼情況？」

帝奇不耐煩地看了看周圍三張陌生的臉：「我也很想知道現在是甚麼情況！我為甚麼會和三個白痴在一個房間裏？」

交朋友從相互排擠開始

「你敢叫我白痴！豆丁小子！」賽琳娜被惹火了。

「這位小哥和這位被稱為大姐頭的，不如大家先做下自我介紹吧？」餃子試着緩和氣氛，目前似乎只知道棺材小子叫布布路。

「哼！」帝奇和賽琳娜同時扭開頭，似乎沒人理會餃子的好意。

布布路好奇地打量着帝奇手中的五星鏢：「哇，這是你的武器嗎？要怎麼用啊？」

咻！一道寒光在眾人眼前閃過，擦着布布路的臉頰深深地插入了他身後的牆裏，而咬着他腦袋的四不像布魯一聲怪叫，

一下子跳得老遠，躲開了這幾個「危險人物」。

「這樣用就可以了。」帝奇冷冷地看着布布路。

他的原意是想恫嚇這個白痴，但被嚇倒的似乎只有餃子和賽琳娜，布布路卻熱情地上前握住帝奇的雙手，目光炯炯地說：「你真厲害！我叫布布路，來自影王村，就是十影王之一焰角·羅倫的故鄉！我想和你做朋友！」

帝奇臉色鐵青，憤憤地甩手，像碰到甚麼髒東西一樣：「別隨便碰我！」

「好，我不碰你，可是你叫甚麼啊？我們做朋友吧！」布布路毫不在乎對方的態度，依舊自說自話地繞着帝奇轉圈圈，大有不達目的決不甘休的架勢。

「帝 —— 奇 ——」帝奇自暴自棄地想，把自己的名字告訴這隻煩人的野猴子應該可以換來清淨了吧？

「甚麼？」對於酷酷的矮個子男孩突然開口說話，布布路有點反應不過來。

「我說我叫帝奇！」帝奇咬牙切齒地重複道。

他的回話像是給布布路打了一針興奮劑，繼續刨根問底地糾纏道：「你發暗器的手勢好準，練習了很久嗎？怎麼練出來的？」

煩死了！這隻野猴子簡直沒完沒了！帝奇終於忍無可忍地發飆了，他咻咻咻地接連甩出三枚五星鏢，分別從上、中、下三路，直攻布布路而去。

布布路一個後空翻，輕鬆躲開三枚暗器，落地後，又是往

側面一閃，一道寒光擦着他的衣擺劃過，沒入了他身後的地板。

帝奇的怒氣瞬間飛到了九霄雲外，這傢伙居然看透了自己藏在第三枚五星鏢之後的那根細毛針，看來這傢伙視力和聽力的敏銳度也猶如野生動物一般，不容小覷！

一旁的餃子在討好賽琳娜的同時，也沒漏過布布路的精彩表現。

「嘿，布布路，還是讓我來給你介紹一下這位暗器高手的身世背景吧！」餃子自來熟地勾搭上布布路的肩膀，主動解釋說：「所謂『賞金王雷頓家族』，顧名思義就是以接賞金任務為生的家族，又因為他們世代都是賞金獵人中的佼佼者，故被尊稱為賞金王。現任當家者為奧安・雷頓，其長子尤古卡・雷頓是個非常厲害的狠角色，他接的任務幾乎從未失敗過！」

聽到尤古卡・雷頓這個名字時，帝奇的身體劇烈地顫抖一下，雖然他很快鎮靜下來，但眼尖的幾人都沒有錯過。

「噢噢噢！你知道的真多啊！」布布路一臉崇拜地望向餃子。

「我走南闖北多年，自然見多識廣！」餃子毫不臉紅地吹噓着，露出油嘴滑舌的本性轉向了賽琳娜，「想必這位美麗的小姐你一定會有興趣聽我說說我曾經遇到過的各種離奇驚險的故事……對了，你還沒有自我介紹啊！」

賽琳娜沒好氣地瞪他一眼，隨即趾高氣揚地掃了三人一眼說：「我叫賽琳娜，來自影王村。從今天起，你們就都是我的小弟了！有事我會罩着你們！」

　　布布路顧不得回答，因為四不像又撲了上來，氣哼哼地對他又是抓撓，又是啃咬。布布路也不明白，到底為甚麼這隻醜八怪怪物獨獨這麼喜歡糾纏自己呢？

　　餃子鬱悶地摸了摸下巴，不明白為何突然成了人家的小弟。

　　帝奇扭頭懶得理會這些吵鬧的傢伙。

　　氣氛再度急轉直下，餃子連忙打圓場：「大家不要生氣，我們四人能夠共同出現在這個破兮兮、亂糟糟的小屋裏本來就是一種緣分啊……」

　　餃子說到這裏突然頓住了，其他三人也都不說話了，就連原本奮力抵抗四不像攻擊的布布路也如同雕像般定住了。

　　四人如遭雷擊，腦子裏嗡的一聲巨響，同時記起來了：對

啊！這是哪裏？為甚麼我會出現在這個地方啊？

難以置信的失憶

「太奇怪了，我記得自己一直在琉方大陸四處遊歷，走遍山川美景……」餃子托着下巴回憶道。

「我在墓地裏幫爺爺挖墓坑，還差三個坑沒挖完。」想到活不幹完爺爺就不讓吃飯，布布路十分苦惱。

賽琳娜的眉頭擰得緊緊的，她最後的記憶是在影王村裏教訓某個搗亂的小孩子。

帝奇的身體微微發抖，他忍不住懷疑眼前的一切都是他那

個大哥 ——尤古卡對他的新一輪考驗。

四人對於眼前的狀況一頭霧水，他們絞盡腦汁也想不明白，自己為甚麼會在這個地方？而且除了同村的賽琳娜和布布路之外，他們彼此間也互不相識⋯⋯這到底是怎麼回事兒？

「這裏是狄巴小鎮的丁克斯影像館。」就在大家面面相覷的時候，一直遠遠躲在小屋陰影處的米多麗走出來。

布布路四人這才注意到屋子裏原來還有個人，原來在其他人鬥嘴的時候，米多麗看完了手中的小本子，她向大家解釋道：「你們是為了幫助我找到時之輪才來這裏的。」

「狄巴小鎮、丁克斯影像館？我來這裏是為了幫你？哈哈哈，別開玩笑了，我可不會隨便幫助不認識的人。」餃子像聽到莫大的笑話。

布布路三人也一臉疑惑地望着米多麗，他們不認識這個少女。

「我叫米多麗，名字是這位取的！」米多麗指了指布布路，又翻着手中的小本子，認真地說：「我沒有記憶，不知道自己是誰，總是在一覺醒來之後就不記得之前發生的事情，所以，我一直用這個小本子記錄着一切⋯⋯」接着，米多麗從她大鬧十字基地開始，將這一天時間裏發生的事情簡明扼要地說了一遍，最後十分肯定地補充道：「你們四個都是摩爾本十字基地的怪物大師預備生，是十分要好的同伴。」

「哇噢噢噢！我是怪物大師預備生？」布布路左右看看，笑嘻嘻地說：「我們果然是朋友啊，太好了！」

「為甚麼你說的事情我一點印象都沒有？」賽琳娜煩躁地抓着腦袋。

帝奇刀子一樣銳利的目光在布布路三人臉上掃過，心中揮之不去的疑問是：一定是哪裏出了問題，我怎麼會和這三個白痴是同伴⋯⋯

「看來⋯⋯我們失憶了？就像這位米多麗小姐和摩爾本十字基地的老院長一樣。」餃子根據米多麗講述中提供的有用資訊進行分析，並苦惱地發起牢騷，「不妙啊，以我一向低調的人品，怎麼會惹上這麼麻煩的事情呢？真是不敢相信啊⋯⋯」

「據我所知，摩爾本十字基地怪物大師預備生的課程每年有兩個學期，如果現在是寒假⋯⋯」帝奇黑着臉推斷道：「也就是說，我們至少失去半年以上的記憶。」

「時之輪、食尾蛇組織、深不可測的赤影，嘖嘖⋯⋯」餃子幽幽地說：「就算失去十年記憶，我也不相信自己會蹚這種渾水！不過，摩爾本十字基地的預備生，這個身份倒是不錯⋯⋯」

賽琳娜和帝奇雖然沒有說出口，心中卻同樣五味雜陳，況且米多麗說的事情太讓人難以置信了，她那小本子上的字也跟鬼畫符似的，該不該相信她呢？

只有布布路高興地舉起四不像：「雖然你長得難看了點，不過我們好好相處吧！」

怪物大師職業選定指南

Q04

一覺醒來，你發現自己身處未知的地方，而身邊竟是一些不認識又很古怪的人，他們焦急地告訴你，因為意外你失去了最近一年的記憶，你將會有甚麼反應？

A. 馬上調查發生了甚麼意外，並要怎麼做才能把記憶找回來。
B. 立刻前往醫院做檢查。
C. 謹慎地與周圍的人周旋，獲得更多的有用資訊。
D. 我會失憶？不可能！認為身邊的這羣人都是騙子，不可信。
E. 只想趕快回家。

■即時話題■

黑鷺：失憶聽起來很離奇，但其實經常發生在我們的生活中，比如說，我最近體重增加一點，哥哥告誡我必須戒掉夜宵，我總是到了晚上十點後就陷入思想一片空白的狀態，等我回過神來，已經和金剛狼一起吃完了烤肉。

布布路：我覺得你不是體重增加了一點，是體形擴大了至少一圈才對！

帝奇：比起夜宵，黑鷺導師你更需要每天繞十字基地跑八十圈來運動減肥。

餃子：黑鷺導師，其實你說的是選擇性失憶吧？

賽琳娜：甚麼選擇性失憶，明明就是在逃避問題！

黑鷺：咳咳，你們還想要我這門課的學分嗎？

布布路四人：啊，我完全忘記自己剛剛說了甚麼……

完成這個測試後，你可以鑒定自己適合成為甚麼類型的怪物大師。
記下你的選擇，測試結果就在第十部的 204，205 頁，不要錯過哦！

新世界冒險奇談
第九站 STEP.09
接踵而至的麻煩
MONSTER MASTER 10

凶神惡煞的瘦麻稈導師

　　這下子失憶的人又增加了！米多麗看着眼前神色各異的四人歎了口氣，難掩失落地說：「都是我連累了大家，也許你們一時之間無法相信我說的話，但不管怎麼樣，我很謝謝你們一路陪我到這裏。時間緊迫，我要去追赤影了，就在這裏和你們道別吧，後會有期！」說完，她轉身往外走。

　　「等一等，我相信你！」布布路快步跟了上去，「我跟你一起去！既然我曾經答應過要幫助你，我就不能失約。雖然我不記

得自己的承諾了!」

「布魯布魯!」四不像跳到布布路頭上齜牙咧嘴,不過看上去倒是挺開心的模樣。

「哼!我也要再去會會那個赤影。」帝奇面無表情地說,作為賞金王家族的繼承人,他絕對不能容忍自己糊裏糊塗地被人抹去記憶。

「對,給他點教訓!」賽琳娜恢復了大姐頭的風範,扭頭對餃子說:「現在我們同病相憐,大家最好團結起來,追上那個赤影,想辦法恢復記憶!」

「這個嘛……」餃子精明地眨巴眼睛,心中飛速地盤算着:雖然他一向明哲保身,不愛惹麻煩,但過去的半年時間卻是不容錯失的,而且……萬一這個米多麗真的是傳說中的十影王夏蓮,那可是不得了的大事件啊!想到這兒,餃子也點點頭,「好,也算我一個!」

「那我們趕緊走吧!」米多麗露出笑容,不知何時開始,這些人讓她有了些「同伴」的感覺。

影像館外街道上一片狼藉,似乎剛剛結束一場激烈的打鬥。

一個長得尖嘴猴腮、身形像根麻稈的人一看到布布路他們,立刻氣急敗壞地咆哮起來:「你們這些吊車尾,居然擅自帶着夏蓮大人跑出來了,看我怎麼收拾你們!」

「這個瘦麻稈是誰啊?」不知為何一看到這人,布布路心裏就莫名地覺得毛毛的,而且這個人灰頭土臉的,好像是剛被人

狠狠痛打一頓，五官都氣歪了。

「他叫『英明神武又善良賢能的金貝克』，是十字基地預備生精英班的導師，也是追蹤赤影的領隊……也許他們剛剛也遇到赤影了……」米多麗把小本子翻到最後一頁，「餃子好像說，千萬不能被金貝克逮到，因為那樣下場很慘……」

「是嗎？！那咱們趕緊快跑吧！」餃子大叫一聲，抓起米多麗和賽琳娜兩個女生的手，扭頭就跑。

帝奇和布布路一同如離弦之箭般拔腿逃命。

「臭小子們，我是不會放過你們的！」瘦麻稈在大家後面窮追不捨，而且他顯然還有同伙，在他的招呼下，一大羣人從各個岔路衝出來，加入追逐布布路他們的行列！

大家不敢停頓，全都撒開腳丫子，沒命地跑。

被一大羣經驗豐富又身手矯健的怪物大師追的感覺實在是太糟糕了！

帝奇一邊調整着呼吸的頻率，一邊斜眼看着背了個大棺材卻一臉輕鬆跑在最前頭的布布路，還有那個緊緊跟在布布路身後的米多麗，暗暗稱奇。

「不行了，真的跑不動了，我快斷氣了！」餃子聲嘶力竭地鬼叫。

「有救了！」賽琳娜氣喘吁吁地指着停在前面的一輛空的鬆毛蟲車，「大家快上車！」

在賽琳娜的指示下，布布路舉起棺材，轟的一聲把鬆毛蟲車的車門砸個稀巴爛。

　　一行人連滾帶爬地上了車，賽琳娜徑直衝上駕駛座，大吼道：「來不及了，我只能邊駕駛邊熟悉操作了，大家坐好！」

　　話音還沒落下，車子噌地向前躍出去，強大的離心力讓車內的眾人發出蕩氣迴腸的慘叫：「哇噢噢噢噢 ——」

熱帶海灘的冰之奇景

　　遊人如織的狄巴鬧市區一片混亂，一輛鬆毛蟲車像喝醉似的在沿海的馬路上橫衝直撞，沿途撞翻無數商販的攤位，水果、雞蛋、烤魚……各種商品被撞得滿天飛，所有的客人尖叫着四下逃散。

　　「哇！」鬆毛蟲車廂內，餃子手腳並用，像樹熊一樣死死抱着欄杆，吐得七葷八素。

　　布布路和米多麗像皮球一樣失控地滿車廂亂滾，一會兒撞到座椅，一會兒砸碎車窗。

　　帝奇渾身青筋暴起，單手抓住椅背，雙腳岌岌可危地保持着原地不動。

　　「布魯！」那隻死纏着布布路不放的紅毛怪亢奮地怪叫着，半截身子懸在窗外，像耍雜技一樣用兩隻手爪和一隻腳爪抓那些迎面飛來的水果和燒烤，吃得不亦樂乎。

　　雖然一路險象環生，所幸的是靠着鬆毛蟲的速度，布布路他們將緊追不捨的追兵甩掉了，就在車子的行駛軌道漸漸平穩下來的時候，駕駛室中傳來了一聲倒吸涼氣的聲音。

賽琳娜雙目驚恐地看着前方，原本筆直的馬路突然出現一個急轉彎，她手忙腳亂地猛打方向盤。

嘎吱，嘎吱！

鬆毛蟲車摩擦着路面發出刺耳的聲音，車頭猛地急轉九十度，來不及旋轉的車尾騰空飛出路面。

咚、咚、咚、咚、咚、咚！

六聲悶響，五個人加一隻怪物被拋出窗外，重重摔到沙灘上，揚起嗆人的沙塵。布布路吐出滿嘴的沙子，暈乎乎地爬了起來。

除了有些狼狽外，幾個人都沒甚麼大礙。當大家站直身子，立刻被眼前的景象驚呆了——

原來不知不覺間，他們來到了海邊。只見在海天交界的地方，靜靜漂浮着一堵兩邊都看不到頭的高大冰牆，冰牆中央突起一座雲霧繚繞的冰山。冰山由一塊塊巨大的冰塊堆砌而成，在海天交映下，冰塊泛着美麗的藍光，大羣大羣的長鰭飛獸在半空中掠過，讓整幅畫面有如仙境般夢幻。最讓人嘖嘖稱奇的是，透過透明湛藍的海面，能夠清楚地看見冰山位於海面下的另一半。

真是太不可思議了，狄巴明明是個炎熱的海濱城市，怎麼在近海岸線的地方會有這麼巍峨壯觀的冰山呢？而且長鰭飛獸可是最早從爬行進化為飛行的動物之一，聽說整個藍星不足千隻，莫非都集中在這裏了？

「也許這就是狄巴鎮成為旅遊勝地的原因。温暖的沙灘

和壯觀的冰山出現在同一個地方，加之稀罕的動物與極光奇景……」賽琳娜捂着胸口感慨道。

但很快，氣氛漸漸出現一絲怪異，一向反應比別人靈敏的布布路不舒服地打個冷戰，怔怔地問大家：「那冰山好像有一種奇怪的力量，看久了就有點呼吸困難。」

帝奇凝眉不語，他們也和布布路有同樣的感覺。

「噢！」反應最強烈的當屬米多麗，一開始她還咬牙撐着，但很快，大顆大顆的冷汗從額頭滑落，她再也忍不住了，痛苦地抱着頭跪倒在地，口中艱難地吐出含糊的字眼：「頭好痛，那個聲音又出現了，它要我去那座冰山……」

「去那座冰山？」餃子警覺地說：「難道那冰山和時之輪有關係？」

向冰山前進

就在這時，布布路發現一件更為詭異的事，海面上竟然有人在行走！

布布路他們定睛一看，那顯然就是米多麗描述的奪走大家記憶的赤影！而他拖着的那個人正是昏迷不醒的攝影師丁克斯！

大家心中頓時警鈴大作，赤影神奇地踏在浪潮湧動的海水上，如履平地般向着冰山疾步而去。

「趕緊追！」大家相視一眼，拔腿朝赤影衝去。

但一跑到海邊，布布路就困惑地剎住腳：「那個赤影是怎麼在海面上行走的？」

海面上壓根沒有可以承載重量的托浮物！而且走到近處才發現，沿海全被細細的鐵絲圍住了，一塊醒目的立牌上寫着「遊人止步」幾個大字。

「這裏果然有蹊蹺！」餃子摸了摸狐狸面具，撿了把細沙扔向鐵絲，見鐵絲沒甚麼特別，他輕輕一躍，跳了過去，並試探着用手碰了碰海水，疑惑地說：「難道這海水能行走？」

「也許和那個時之塚有關，誰知道呢？」賽琳娜攤攤手。

「哇！我來試試！」布布路興奮地後退數步，學着赤影的樣子在沙灘加速助跑，然後衝向海面 ——

撲通！布布路毫無懸念地栽進了海水中，他四肢奮力地撲騰着，像落湯雞一樣爬回沙灘，哆哆嗦嗦地吸着鼻涕：「海水……好冷哦，看來游泳……過不去！」

「布魯布魯！」四不像拍打着肚子，笑得前仰後合。

但其他人可都笑不出來了，餃子看了看連話都說不清楚的布布路，顧慮重重地對大家說：「各位，米多麗小姐已經說了，赤影的身手深不可測，就算有辦法渡海，我們貌似也絕無可能制伏他，我看還是從長計議……」

就在餃子勸說大家撤退的時候，冷不防地，不遠處突然傳來一陣刺耳的嚷嚷聲：「我看到他們了！等被我逮到，你們這羣吊車尾就要倒大霉了！」

糟糕！金貝克帶着一羣怪物大師偵察兵趕上來了！

前有危險難測的海水，後有剽悍死纏的追兵，真是糟糕透了！

冰封的時之輪

MONSTER MASTER 10

新世界冒險奇談

第十站 STEP.10

險象環生的冰山之旅
MONSTER MASTER 10

賽琳娜的辦法

　　米多麗和布布路一行此時進退維谷，游泳過去顯然是行不通的，大家焦慮地面面相覷。

　　「試試這個！」賽琳娜突然想起甚麼似的，從口袋裏掏出幾塊成色極佳的元素石，「這是冰石，可以快速讓水面結冰，不過對於含鹽的海水效果可能不明顯，估計只能淺淺地讓表層冰凍。」

　　賽琳娜將冰石分給帝奇，兩人一刻都沒耽擱，飛快地旋轉

冰石，一塊接一塊，很快，海面上結出一道只有兩腳寬厚的冰層。

「跑！」賽琳娜一聲令下，大家立即順次踩着冰層朝冰山方向狂奔。

薄薄的冰層在五人的踩踏下發出不堪重負的嘎吱聲。隨着向海面的深進，布布路他們愈發沒有退路，一個個硬着頭皮朝矗立在海天盡頭的冰山狂奔，腳步絲毫不敢鬆懈。

沙灘上，金貝克他們跟着踏上了冰層，可惜那冰層哪裏還承受得住更多的人，唭嚓一陣裂響，冰層轟然斷裂，那羣倒楣的怪物大師們還沒跑幾步，就一個個腳下一空，碎裂的冰塊連同金貝克憤恨的叫罵聲一起，跌入冰冷的海中……

「快回來啊！你們絕不是他的對手，那傢伙只是揮了揮斗篷，我們一行人就全都人仰馬翻了……」

金貝克抱着大紅武章，在海水中狼狽地撲騰。

但布布路他們並沒有因為金貝克一行人的落水而停下，反而加快了腳步，因為就在他們身後，冰層唭嚓唭嚓地加速崩塌。

布布路他們距離冰山僅剩不足百米，但身後持續崩塌的冰層距離腳後跟也不足數米，下方的海水深不可測，愈接近冰山，海裏的刺骨寒氣就愈發滲人。如果這時候落水，不消片刻就會被刺骨的海水凍成冰棒！

「加快速度！」賽琳娜急聲催促，她和帝奇手中的冰石都開始黯淡了，「冰石的能量快用完了！」

眾人不敢遲疑，米多麗腳尖一點，幾個靈巧的燕子空翻，與最前面開路的帝奇和賽琳娜同時踏上冰山的前緣。

哇，驚人的跳躍力！餃子一邊驚歎，一邊加快步伐，俐落地跳上了冰山。他身後，脆弱的冰層唏嘰嚓嚓發出一陣驚心的裂響。

不好！走在最後的布布路趕緊縱身躍起，誰知道棺材上的四不像也照樣學樣，但它卻是踩着布布路的腦袋跳上冰山的。

「哎喲，哎喲！」咕嚕嚕……猝不及防的布布路慘叫兩聲，隨着崩塌的冰層墜了下去……

「布布路！」賽琳娜失聲叫起來。而餃子和帝奇已經行動起來，兩人幾步併作一步衝向岌岌可危的冰層邊緣。

他們驚訝地發現，自己的身體竟然在大腦思考前先行動了起來，就像本能一般衝出去救布布路。

剛剛還不太相信幾人是同伴的餃子和帝奇，此刻幾乎在心中驗證了米多麗的話 —— 他們果然是同伴！

然而……餃子和帝奇晚了一步，沒能拉住布布路……

被冰凍的世界

就在大家心驚不已的時候，　隻手搭上冰塊的邊緣，一張笑嘻嘻的臉露了出來，原來布布路並沒有掉下去，而是幸運地踩在了一塊漂過來的浮冰上。

但賽琳娜三人繃緊的表情卻沒有絲毫放鬆，布布路察覺大

家看自己的眼神很奇怪，好像根本沒在看自己，而是在看……自己的腳下。

「噢！」布布路順着大家的目光低頭一看，立即驚得像裝了彈簧一般高高跳起——

在那塊有如玻璃般清澈的堅冰下，一頭巨型毒刺海鯊正張開血盆大口，猙獰地撲了上來，一口鋒利的尖牙看得人心驚膽戰，看這個距離已經來不及躲避了！

「哇啊啊啊啊啊——」布布路連蹦帶跳地叫了半天，卻並沒有任何其他動靜。

布布路這才平靜下來，再仔細看向那頭毒刺海鯊，它並沒有衝出冰層把他一口吞掉，而是奇怪地維持着那副猙獰的面貌，一動不動地定格着。原來它被凍在冰塊內部了！

布布路後知後覺地環顧四周，發現不僅是自己腳下的冰塊，大家立足的冰層中幾乎都包裹着成百上千的海洋生物，那些生物維持着栩栩如生的表情和動作，彷彿隨時可能動起來，破冰而出。

「噢，這裏還凍着一羣人！」不遠處，米多麗大聲疾呼。

被凍在冰層下的那些人看起來竟是十分悠閒，有的在吃東西，有的在交談，還有的用指南針探查方向……像是一派露營的好氣氛。

「真是詭異啊！」餃子摸着下巴，沉吟道：「這些人的表情都沒有恐懼，看起來，他們在被凍住之前絲毫沒有察覺，難道說，他們是被瞬間急凍的？！」

「嗚，我有不好的預感！」一陣寒風襲來，賽琳娜渾身爬滿了雞皮疙瘩，這座冰山果然蹊蹺，他們該不會也突然變成這種「冰雕」吧！

「咦？這個人好眼熟哦！」布布路的鼻尖貼着冰層，瞪大眼睛看着冰層內一個抱着攝影器材呈現拍照姿勢的年輕人，腳邊的器材包上似乎繡着字，布布路費勁地辨認出來，「丁……克斯……」

「丁克斯不是被赤影擄走的那個攝影師嗎，怎麼會被凍在冰層裏？」米多麗困惑地輕聲道：「而且，之前那個在海面上被赤影挾持着一閃而過的丁克斯明明是個老人，可這……」眼前這個卻是年輕人，這是怎麼回事？

「你們看！」帝奇目光凌厲地看向上方，就見在冰山的半山腰處，一道赤影一閃而過，消失在冰石嶙峋的山背面。

「是赤影！」米多麗激動得拳頭緊握。

「趕緊追！」布布路摩拳擦掌。

找回記憶要緊，大家放下心中的疑惑，開始攀爬冰山……

　　雖然氣溫極低，但冰山表面遍佈可以攀緣的凸翹冰錐，所以攀爬的過程還算順利。

　　走着走着，餃子突然眼睛一亮，白茫茫的冰山上一樣黑漆漆的東西吸引了他的注意力。

　　這是……一個煙袋？

　　難道是那個赤影掉的？呵呵，也許是好東西哦！餃子心中竊笑，不動聲色地將煙袋收入囊中。

　　過了好一會兒，大家爬至雲霧繚繞的半山腰。

　　「等等，」最前頭的布布路敏感地豎起耳朵，「你們聽！」

　　一個咆哮的大嗓門從海岸方向由弱漸強地傳來：「你們這羣不要命的吊車尾，那冰山是時之塚，趕緊給我站住，不要跑向冰山！危險！極光就要出現了！」

　　「是那個叫金貝克導師的人的聲音！」賽琳娜皺皺眉。

　　「極光？」餃子轉轉眼珠，認真揣度道：「他是在關心我們，還是在故意嚇唬人？」

　　「這座冰山果然就是時之塚。」布布路的思路最簡單，興奮地對米多麗說：「我們來對地方了！」

　　「嗯！」米多麗激動地點頭。

　　「笨蛋！」帝奇忍無可忍地對兩個頭腦簡單的傢伙吼道：「你們難道都沒注意到，我們聽到這句話的時間很有問題嗎？」

　　帝奇的話讓大家都愣住了。對哦，他們現在都開始爬冰山了，金貝克怎麼還在喊讓他們不要跑向冰山？是他氣得胡言亂語了，還是……

怪物大師職業選定指南

Q05
你和同伴們追敵人追到茫茫的冰海前面，敵人居然在海面上踏浪而行，而你們的身後卻有不知真相的導師們在窮凶極惡地追着你們，你會怎麼做？

A. 哇哦哦，太酷了，馬上一腳踏上去，試試在海面上行走。
B. 一切以完成任務為優先，先想辦法渡海。
C. 向導師們解釋清楚，再一同進攻敵人，這樣也多一分助力。
D. 這種情況最麻煩了，趕緊腳底抹油溜吧！
E. 矛盾地杵在原地，又擔心導師們不聽解釋，又擔心會追丟敵人。

■即時話題■

布布路：大姐頭，你的極品冰石能借我用一下嗎？

賽琳娜：冰石的作用是讓液態的水立刻固態化，使用時要非常小心，否則會波及四周其他物體……對了，布布路，你要冰石幹嗎？

布布路：嘿嘿，其實餃子說可以用冰石快速做出冰塊，然後我們把冰塊攪成冰霜，再加上芒果醬……嘖嘖，味道很好的哦！

四不像：嘩啦啦——（流口水）

賽琳娜：可惡，你知不知道一塊極品冰石的價格是多少？居然拿它去做冰霜！哼，不借！

四不像：布魯！（一口吞下冰石，跑了）

賽琳娜（咬牙切齒）：你……你……你和你的怪物都死定了！

完成這個測試後，你可以鑒定自己適合成為甚麼類型的怪物大師。
記下你的選擇，測試結果就在第十部的 204，205 頁，不要錯過哦！

這是成為怪物大師的必經之路!!!

尊敬的讀者：現在你跟隨布布路一起踏上了成為怪物大師的道路！向所有的困難發起挑戰吧！

冰封的時之輪

MONSTER MASTER 10

新世界冒險奇談

第十一站 STEP.11

無法召喚怪物的怪物大師
MONSTER MASTER 10

極光的侵蝕

轟──

沒等布布路他們細想，冰山的峰頂處爆發出一團絢爛奪目的光芒，那光芒呈散射狀刺破雲層，向四面八方疾速膨脹，整個天空瞬間被染成刺眼的白色。

「布魯！」四不像第一時間躥進棺材裏躲起來。

「不好，大家快閉上眼睛，小心極光！」餃子大喝一聲，甩開披風背過身去。

大家也紛紛遮住眼睛。

但那強烈的光線似乎不止對眼睛起作用，在白光的照耀下，大家全身都如燒灼般火辣辣地痛，那痛楚穿透皮膚、筋骨，似乎能直抵骨髓，連呼吸都困難起來。

「哦！好痛，好難受！」極光無孔不入地散射着，賽琳娜死死地用手捂住雙眼，可眼淚還是嘩啦啦地直流。

布布路四人和米多麗絕沒想到，大家迫不及待想一探究竟的極光，近距離接觸之下竟然有如此大的殺傷力！

最可怕的是，冰山上的每一塊冰凌都如同反光鏡一般，從各個角落反射着光線，根本避無可避！

大家在白光的照射下，渾身愈發疼痛，全都倒在地上打起滾來。

就在大家束手無策的時候，隱隱約約地，四周響起了呼呼的風聲，一股陰暗的感覺籠罩在每個人心頭，被極光灼痛的神經和皮膚頓時得到了緩和。布布路吃力地將眼睛睜開一條縫一看——

一朵形如獸面的奇怪的烏雲在幾人上方飄盪着，突然烏雲四散開來，化為細小的灰塵……消失不見了。

等到烏雲散去，極光也停止了，冰山恢復了原貌，大家安全了。

餃子心有餘悸地嘟囔道：「是那朵突然飄過的灰塵雲救了我們？」

「我們真的有那麼幸運嗎？」帝奇一臉凝重，總覺得那朵烏雲說不出來的不對勁。

正在這時，遠處的海岸方向又傳來金貝克的尖叫：「不好，極光出現了！」

「拜託！他叫得也太慢了吧……」賽琳娜用手帕擦擦眼睛，嘟着嘴抱怨道，話說到一半，她突然驚叫道：「不對！他說話的時機不對！金貝克的話顯然都是針對已經發生過的事情。」

「難道時之塚裏的時間與外界是不一致的嗎？」米多麗震驚道。

「哼，你們也太後知後覺了吧！」帝奇黑着臉。

「咦，」布布路也有新發現，驚奇地指向附近的冰塊，「冰層裏的生物動了！」

剛剛大家閉上眼睛的幾分鐘時間裏，那些被冰封在冰塊中

的生物的姿勢竟然全都有了些微的改變。

莫非……他們全都活着？

不對勁的時間

「我好像明白這裏為甚麼叫時之塚了，」賽琳娜忐忑不安地說：「因為這裏是時間的墳墓，真正被這座冰山封住的是時間！進入這裏之後，時間就變慢了。尤其是冰層裏的時間，至少被放慢一百倍。」

餃子若有所思地沉吟道：「這麼看來，金貝克的聲音，從海岸那邊傳到時之塚後也產生了時間延遲，因此我們總是晚一步聽到。」

「哇噢噢噢！時之塚好厲害啊，這兒真是個不得了的地方！」布布路興奮得雙眼放光。

「真吵，還是趕緊去追赤影吧！」帝奇斜眼瞪了瞪布布路。

賽琳娜和米多麗都點點頭，大家正準備重新出發。

「等等，」餃子突然出聲了，「我突然想到一件重要的事！如果我們都是怪物大師預備生的話，那我們的怪物呢？」

餃子的話讓眾人一驚，由於失去了半年時間的記憶，極度震驚之下，大家全都忽略了半年後的自己本該擁有怪物這件事。而帝奇也早在心中暗暗納悶，怎麼巴巴里金獅不見了，它從不離開自己身邊這麼久的……

「你們的怪物平時都被收在怪物卡裏，」米多麗翻着小本

子替大家找答案，「怪物卡則被你們隨身攜帶。」

怪物卡？餃子三人果然各自翻出一張薄薄的卡片，只有布布路一臉沮喪，他把口袋翻個底朝天，還是甚麼都沒掏出來。

「布魯布魯！」四不像高高坐在棺材上，齜牙咧嘴地拍打着布布路的腦袋，似乎在說本大爺不需要卡。

「不公平！為甚麼我沒有卡？」布布路癟着嘴抱怨道，但這會兒沒人理會他，餃子三人正忙着研究自己的怪物卡，上面清楚地標注了怪物的名字、等級、系別、現時狀態，包括能力值、防禦值和攻擊值等基本資訊。

「太不可思議了，我們的怪物竟然裝在一張小小的卡片裏？」餃子嘖嘖稱奇。

「怎麼回事？」帝奇卻臉色大變，心急道：「巴巴里怎麼會降級成 C 級？以它的實力，根本不需要待在怪物卡裏！」

賽琳娜好奇地問米多麗：「我們要怎麼做才能把怪物釋放出來？」

米多麗翻着小本子解釋道：「只要叫它的名字，它就會出現，你們之前都是這麼召喚怪物的。」

三人立刻照做——

「水精靈！」

「巴巴里金獅！」

「藤條妖妖！」

一聲又一聲的呼喊在冰山上此起彼伏，不絕於耳。

「你真的是我的怪物嗎，為甚麼我沒有怪物卡？」布布路

乾脆放棄尋找怪物卡，索性往四不像面前一站，模仿着它的叫聲，試圖與它交流，「布魯？布魯布魯？」

「布魯布魯！」四不像的回應是兇狠又輕蔑地對布布路齜牙。

「你平時叫它四不像，而且你總是拿放在棺材裏的食物討好它！」米多麗的話徹底打碎布布路關於「也許是誤會，它不是我的怪物」的美好願望，他手忙腳亂地從棺材裏摸出一塊布丁。

四不像啊嗚一口叼走布丁，擺着臭臉大口吞嚥，布布路愁眉苦臉地蹲在一旁。

另一邊，餃子三人喊得嗓子冒煙，但怪物卡一點動靜都沒有⋯⋯

「我一定要找回我的記憶，搞清巴巴里到底發生了甚麼事！」帝奇黑着臉將怪物卡放回口袋。

「對，我們快走吧！找到赤影，找回我們的記憶就知道答案了。」

「那當然！」布布路毫不猶豫地拍着胸脯，對米多麗說：「米多麗，我一定會保護你找到時之輪，找回自我的！」

「沒失去記憶的時候你也是這麼說的，」米多麗感動地握了握布布路的手，「謝謝你。」

大家相互點點頭，繼續向山頂攀登……

丁克斯的疑惑

在這個被稱為「時之塚」的連時間都能冰封的冰山上，前途佈滿了未知的重重危險，已經沒有退路的布布路五人咬緊牙關，頂着凜冽刺骨的寒風繼續前進。

時之塚的山頂遙遙在望，山體愈來愈陡峭，凜冽刺骨的寒風似乎要將所有人都捲下光滑的冰面。大家咬緊牙關，逆着風向冰山的頂峰攀爬。

終於，大家接近山頂了，餃子一眼掃到頂峰的正中央，立刻噤聲，彎腰和大家一起躲到一處大冰塊後 ——

一個身穿紅色斗篷的高大男人背對他們威嚴地站立着，他的腳下橫躺着一個五花大綁的昏迷老者。毫無疑問，那個穿着紅色斗篷的男人就是他們要找的赤影，昏迷的老者則是被擄走

的攝影家丁克斯。

近距離看上去，老丁克斯果然和冰山腳下被冰凍住的那個年輕攝影師十分相像。

「怎麼會同時有一個年輕和一個年長的丁克斯？」布布路納悶地小聲嘟嚷：「難道那個年輕的是這個年長的丁克斯的兒子？」

「不對，」餃子揚起手中的《旅遊指南》，「這最後一頁是專門介紹丁克斯的，他沒有家庭，也沒有子女。」

「而且他們兩個連手上的傷痕位置都一模一樣。」帝奇觀察得更仔細。

那個冰封的年輕攝影師和眼前這個丁克斯究竟是甚麼關係呢？

就在大家心中堆滿疑惑的時候，赤影突然側過身，幾乎在他轉身的同時，遮擋大家的大冰塊毫無徵兆地碎了一地，幾個人就這樣猝不及防地暴露了。

冰封的時之輪

MONSTER MASTER 10

新世界冒險奇談
第十二站 STEP.12

危機，弱勢戰鬥
MONSTER MASTER 10

4+1 人的挑戰

「想不到你們這幾個毛孩子居然可以跟到這裏。」赤影步步靠近。

近距離之下，布布路他們才發現，赤影的身形異常高大，渾身帶着一股難以名狀的強大威懾力，使人不由自主地產生一種畏懼感。雖然看不清楚斗篷底下的真面目，但大家感覺到一道銳利如刀的目光，彷彿他看向誰，誰就會被這把利刀切開一般。

此刻，布布路他們都清醒地意識到，這個對手太強大了！

赤影的目光挨個掃了掃幾人，發出一聲不屑的嗤笑，朝布布路四人揮揮右手，吐出一個字：「滾！」

「不行！我們還有事要找你解決！」布布路無所畏懼地大步向前，「我們的記憶還……」

布布路話還沒說完，赤影的氣息驟然變化，他朝布布路揮出的右手猛然張開。說時遲那時快，布布路反手將背後的四不像鈎進懷裏，就地一滾，其他幾人也都反應敏捷地各自跳開，原本他們站立的地方瞬間多出了幾個駭人的冰坑，碎裂的冰塊四下飛濺。幾乎是同時，帝奇敏捷地朝着赤影甩出數枚暗器，展開了反擊。

然而赤影動都沒動，只聽見噗的一聲悶響，一股氣浪從赤影四周傳過來，就看到帝奇甩出的暗器在離赤影還有數米距離時，就像撞到了異常堅硬的透明牆壁，鐺鐺鐺幾聲暗器全部被彈開來，打在了冰層上。再看向赤影已經不見蹤影。

帝奇暗叫不好，急忙向前衝出一步，再猛地回轉身，赤影鬼魅般出現在他剛剛站的位置後面！

不得了，赤影的速度好快！

一起上！布布路四人對視一眼，默契地同時行動起來。

賽琳娜從背包裏掏出數塊火石，旋轉後燃起炙熱的火苗，對準赤影扔去；配合她的攻擊，帝奇再次射出數柄環刃。

赤影連腳步都沒移動，無形的氣牆再次擋下了火石與環刃。

「呵！」布布路接着兩人的攻勢，將棺材高舉過頭頂，腳下生風般直衝到赤影面前，重重地朝他砸去。

赤影步伐輕盈地向後一閃，布布路的棺材落空了，轟地砸到冰塊上，把幾米厚的冰層擊得粉碎。

冰塊飛濺，一瞬間對赤影的視線起到阻擋作用。餃子乘着這個時機施展古武術，就在他的拳頭要擊中赤影之際，餃子突然向側面避去，他長辮子一甩，原來剛剛的環刃不知何時被赤影反操控了。

這一招着實出乎意料，餃子剛剛避過兩柄，卻再難躲開向他頭部疾速射來的第三柄環刃！

危急時刻，米多麗以不可思議的速度移步到餃子身後，伸長手越過餃子，用手肘施力穩壓在他的肩膀上，空手接住那枚

環刃。

「多謝，米多麗小姐，你這招真是太厲害了！」餃子一身冷汗，感激地向米多麗抱了抱拳。

噗！這時，作為唯一一個與他們並肩作戰的怪物，四不像發威了。它匍匐着身體，張開大嘴，兩道黏糊糊的口水準確地噴向赤影。赤影皺了皺眉，嫌棄地躲開這波令人噁心卻毫無殺傷力的攻擊，明顯可以感覺到他看布布路他們的眼神變得更加輕蔑和鄙視……

這是甚麼技能？果然這隻怪物跟它的長相一樣不靠譜。餃子他們的後腦勺流下豆大的汗珠，作為主人的布布路則羞愧得無地自容。

前所未有的強敵

「你們就這點實力嗎？該換我了。」赤影的聲音冷酷無情，邊說邊攤開手掌，白色的氣流旋渦跳躍而出，一股強勁的龍捲風朝眾人襲來。

「小心！」帝奇看出端倪，「這個人不需要元素石就能製造出元素颶風！」

「不僅如此，他還可以憑空製造水、火、土等元素攻擊，你們的尼科爾院長就是在這種進攻下受傷的！」米多麗邊退邊提醒大家。

「甚麼？」餃子頓時眼皮狂跳，欲哭無淚地嚷道：「這麼大的事你竟然不早說！」

尼科爾院長可是接近十影王級別的怪物大師！連他都不敵赤影，那他們這些蹩腳的怪物大師預備生豈不是來送死的！

赤影隨即釋放了一股元素颶風朝大家逼近過來！

「時間緊迫，不是你們讓我挑重點說嗎？」米多麗的回答讓餃子啞口無言。

「他竟然能徒手製造四大元素的進攻，這才是重點啊！！這是敵人的重要情報！！」餃子欲哭無淚，自己怎麼會選擇一個這麼強大的人做對手……

大家在如鏡面般滑溜的冰面上狼狽地四處躲避。

混亂中，帝奇腳下一滑，跌倒在冰面上，颶風擦着他的身體襲過。赤影腳步一挪，赫然出現在距離帝奇僅三步之遙的

地方。

糟糕，他要對帝奇出手！

「住手！」布布路大喝一聲，一個箭步衝向帝奇，卻換來帝奇的怒視：「笨蛋，我才不需要你保護呢！」

帝奇說着竟然甩出一枚飛鏢，布布路只好頓住了腳步。

赤影看着帝奇，冷漠的眼神流露出一絲讚許的意味。「為了誘我踏入陷阱，你是故意跌倒的吧。」說到這裏，他發出一聲冷笑，「但演技顯得拙劣了些。」

他揚手甩出一團閃爍的冰晶碎屑，冰晶吹散在空氣中，周圍的空間竟然慢慢浮現出一張錯綜複雜，並且掛滿了閃爍着的冰晶碎屑的網！

大家這才發現，帝奇和赤影中間竟然有一層銀色絲線織成的網。

「那是堅韌度超過鐵的蛛絲！」餃子一下子認出來，原來這是帝奇佈下的陷阱！

布布路後怕地擦了擦冷汗，他險險地停在離蛛絲僅僅一步之遙的距離。

不管是布布路，還是赤影，如果剛剛在快速移動中撞上這道肉眼看不見的屏障，一定會被這些蛛絲割得渾身是傷，血流如注，可赤影顯然技高一籌，識破了帝奇的計謀！

帝奇不甘心地站起身，赤影剛才腳步精準地停在安全位置，即使布布路沒衝出來，赤影也早已識破他精心佈置的「天羅地網」。

「雕蟲小技！」赤影冰冷的語調中帶有一絲嘲諷，他只是手一揚，那些本應比鋼絲還堅韌的蛛絲就如同牆角邊普通的蛛絲和灰塵一般，被掃得一乾二淨！

帝奇忍不住吞了吞口水，他意識到眼前站着一位前所未見的強敵……

就在布布路四人全都不知所措的時候，米多麗以迅雷不及掩耳之勢衝出人羣，閃電一般直衝向赤影，幾乎就是在同一瞬間，米多麗左右開弓，雙手直插向赤影的兩肩。

如此迅捷的速度就連赤影也來不及反應，在毫無防備的情況下，赤影硬生生地被米多麗的手刀刺中了左右肩頭。

米多麗眼神堅毅大聲說道：「你們都是為了幫助我找尋記憶而來的，讓我來對付他！」

「你？哼哼，好吧，我就陪你玩一會兒。」赤影嘴角浮現出一個讓人充滿寒意的笑容。

米多麗頓時覺得情況不對，趕緊收回雙手，下一秒，赤影的肩頭已經覆滿冰霜。大家全都心中一驚，只要遲疑半秒米多麗就會被深寒急凍住！

米多麗狼狽地避過深寒急凍，卻來不及退到更遠。只見赤影迅速揮動雙手，左手騰起一團淡藍色水元素能量球，右手騰起一團赤紅色火元素能量球，雙手交握後，一個藍紅相間的詭異物體浮在他雙手之間。藍色的冰晶外層散發出迫人的寒氣，而紅色火焰灼燒發出溫度極高的燥熱感！火與水兩團相剋的能量不斷碰撞，在赤影雙手之間不斷發出劈啪的響聲，不斷有火

焰和冰晶飛濺出來。

「不好！是霜火箭！他偷襲院長老爺爺的時候就用過這招！」米多麗大驚失色。

赤影大喝一聲，藍紅交匯的能量球應聲破裂！數道灼熱極寒的霜火箭飛向米多麗。

米多麗急中生智，幾個跟頭翻向半空想要躲開霜火箭，但赤影右手掌心向上一旋，一道急速旋轉的旋風從地面憑空出現，將米多麗捲到半空中牢牢困住了。

布布路一行人剛想施以援手，無數道霜火箭夾雜着撕裂空氣的尖嘯風聲朝他們襲來！

「霜火箭是高階段的元素攻擊，先用無堅不摧的堅硬冰晶刺傷對手，炙熱火焰再在對手傷口上造成二次傷害！那些炙熱的元素火焰，燃燒起來根本就不需要氧氣！就算是扎破皮膚，深深刺在骨頭上的那些火焰也同樣可以發揮威力！炙熱的烈焰會毫不留情地灼燒對手的骨頭，將對手烤成焦炭！」對元素頗有研究的賽琳娜向大家解釋道。

布布路四人絲毫不敢怠慢，用盡全力左躲右閃，但也只能勉強避過致命的攻擊。短短數十秒他們身上已有多處被劃破，肉體撕裂的疼痛加上烈焰灼燒的感覺讓大家如同置身地獄一般！

「可惡！」大家奮力掙扎，但無法抵禦源源不斷的霜火箭攻擊。

被旋風捲上半空的米多麗此時幫不上一點忙，只能乾着

急，無可奈何地看着死亡的魔爪漸漸逼近。

　　愈來愈多的霜火箭更加密集地襲來！完了！布布路他們漸露疲態，難以繼續抵禦接下來的霜火箭攻擊。這回他們真的要變成馬蜂窩了，而且還是被烤焦了的馬蜂窩。

無法建立的心靈契約

　　米多麗被赤影用旋風困在半空中，布布路四人陷入了絕境，在他們面前，還站着一個強大得無法戰勝的敵人。

　　就在這生死關頭，餃子三人的口袋裏突然各自躥出一道耀眼的亮光，在亮光中，三隻怪物現身了。它們可能是感應到了主人心中的恐懼和絕望，強行從怪物卡中掙脫出來。

　　「唧——」水精靈一馬當先。它以賽琳娜為核心，豎起一道巨大的水盾，霜火箭在刺入水盾後，速度減慢不少，大家基本上都能輕鬆地抵禦或者躲過。

　　「唧——」藤條妖妖展開四根柔韌的藤條，高速旋轉，形成一道密不透風的高速藤條旋渦，進入旋渦的霜火箭紛紛被彈射到別處。

　　「吼——」巴巴里金獅的獅王咆哮彈和獅王金剛掌同時使用，連續擊飛了不少飛向帝奇的霜火箭。

　　哇噢噢噢！大家的怪物終於登場了！所有人都心情澎湃，如同打了一針強心劑！

　　布布路四人彷彿看到生機，眼中紛紛透出喜色。雖然明知

雙方實力懸殊，但如果有怪物們幫助，他們說不定……

赤影沒打算給他們更多思考的時間，他馬上發起了更為兇猛的攻勢！

默默低聲吟唱了一段咒文之後，赤影將氣元素融入霜火箭之中，加強能力的霜火箭便如同離弦之箭一般，速度比之前高出數倍！輕易就擊穿了水精靈在眾人面前豎起的水盾，並且絲毫沒有減速的趨勢！

怪物們的招式無法抵禦更加猛烈的霜火箭攻擊，防禦瞬間就被擊潰！

然而，讓人深感震驚的是怪物們不躲不閃，只是無聲地擋在主人面前！用自己的身體替主人默默承受着霜火箭的攻擊。

藤條妖妖被鋒利的冰晶刺入，卻一動不動。

水精靈被霜火箭上的炙熱火焰烤得渾身冒煙，但依然固執地一步也不後退。

傷痕累累的巴巴里金獅像一座大山般昂首挺立，默默承受超高速的霜火箭攻擊。

只有四不像怪叫着躥起來，狂躁地猛敲布布路的腦袋，示意布布路把棺材解下來，替它抵擋進攻。

「嘿喲！」布布路將棺材豎立在前，充當保護自己和四不像的盾牌，同時焦急地瞄向另外三隻忠心護主的怪物，它們的身體能承受這樣猛烈的攻擊嗎？

可是，他又忍不住看了看四不像，為甚麼和其他夥伴的怪物比起來，四不像更像個主人，自己倒像隻怪物呢？嗚嗚……

看到怪物默默為自己承受傷害，帝奇三人焦急地齊聲大喊：「快讓開！」

　　可是三隻怪物像聾了一般，對主人的命令置若罔聞，仍然一動不動地充當肉盾。

　　「哼，你們無法駕馭它們！僅僅因為失去記憶就斷開與怪物之間心靈契約的主人，根本不配擁有它們！」赤影冷冷地嘲諷道。

　　赤影手掌朝下，一股黃色的代表土元素的能量悄悄沒入地面，數秒後數道土元素形成一面牆，堵住了他們的退路，將他們定在原地動彈不得。

很快，擋在他們前面的怪物們身上便傷痕累累了，咻的一聲，不堪重負的怪物們化為白光，回到了怪物卡中，體力值全都驟降為零。

　　「真是沒用的主人們啊……」赤影斗篷一甩，四根巨大的冰錐從冰層中冒出，銳利的尖端冒着森森寒光，鋒利的寒冰尖刃徑直刺向布布路四人的胸口……

怪物大師職業選定指南

這是成為怪物大師的必經之路！！！

·尊敬的讀者：現在你跟隨布布路一起踏上了成為怪物大師的道路！向所有的困難發起挑戰吧！

Q06

你因為失憶而無法與自己的怪物進行心靈交流，而且你不知道自己何時才能恢復記憶，你會怎麼辦？

A. 比手畫腳，積極尋找其他的溝通方法。
B. 先治療自己的失憶。
C. 查看有關類似事件的資料，從中找尋解決的方法。
D. 直接放棄當怪物大師預備生。
E. 向導師尋求幫助。

■即時話題■

帝奇：當我發現自己和巴巴里金獅無法進行心靈交流的時候，我很驚慌，也很不安，巴巴里對我來說太重要了，我不能失去它。

賽琳娜：水精靈對我也很重要。

餃子：我也很愛藤條妖妖。

布布路：我……嗚嗚，只有我懷疑，對四不像來說，我是必要的嗎？

其他三人：沒事，布布路，反正你失不失憶，它對你的態度都一樣。

四不像：布魯，布魯布魯！（翻譯成藍星語言：奴僕，趕緊給大爺我找吃的去！）

完成這個測試後，你可以鑒定自己適合成為甚麼類型的怪物大師。
記下你的選擇，測試結果就在第十部的 204，205 頁，不要錯過哦！

冰封的時之輪
MONSTER MASTER 10

新世界冒險奇談

第十三站 STEP.13

九十九君
MONSTER MASTER 10

意想不到的偷襲

　　寒風瑟瑟的時之塚上，死亡的陰影籠罩在大家頭頂，冰錐的尖刺猛地向前穿刺，劃破布布路他們的衣服，向心口戳去……

　　死定了！這是布布路四人最後的想法。

　　「住手！別傷害他們！」被囚禁在旋風牢籠裏的米多麗發出淒厲的呼喊，淚水不知不覺湧了出來。雖然她只有這一天的記憶，但布布路幾人卻給了她快樂和溫暖，讓她愈發強烈地想找

回記憶，變成一個正常人，可以和大家交朋友的正常人……

然而，最後的致命一擊卻遲遲沒有到來。布布路他們猛地睜開眼，發現致命的冰錐驀然停在眼前。

再看赤影，一個意想不到的人悄然出現在他背後，對他發動了一次致命的偷襲！

不知何時，那個一直昏迷不醒的丁克斯竟已掙脫五花大綁，他手中持着一柄利劍，如同鬼魅一般移步到赤影身後，將寒光流動的劍刃狠狠刺入赤影後背，從前胸貫穿而出！

這次突襲乾淨俐落，完全不像一個五六十歲的老人的身手！

赤影身負重傷，抵在布布路他們胸口的四道冰柱劈啪劈啪地應聲碎裂。

四人還來不及搞清楚究竟發生了甚麼，受傷的赤影就從一個不可思議的角度反手甩出　團爆炎火球！

轟！爆炎火球準確地撞上丁克斯的胸口，巨大的爆炸把他轟出老遠！

布布路他們看得連大氣都不敢喘，太恐怖了，電光石火間，一次完美的致命偷襲瞬間逆轉了，被偷襲者在受到致命傷害之後竟然仍能精確回擊！

丁克斯倒地後連續打了幾個滾，才撲滅身上的火焰，他臉上的大部分區域都被燒得焦黑，咻咻冒着煙。

太詭異了，丁克斯被燒焦的臉皮下，赫然露出裏面一層完好的新皮膚，整個過程就像是生長中的蛇蛻去舊皮。

在丁克斯「蛻皮」過程中，赤影伸出兩指夾住貫穿胸口的利劍，用力拔了出來。

咦？這是怎麼回事啊？布布路四人都驚愕地瞪大了眼睛，不可思議的一幕出現了。拔出的長劍突然化成灰燼湮滅了，而更令人難以置信的是，赤影那道穿透後背前胸的可怖傷口中竟然汩汩流出了詭異的藍色血液！

布布路他們看傻了，突然覺得自己的常識不夠用。但有一點可以肯定，這個丁克斯和赤影全都不是正常的人類！

空氣彷彿凝滯了，丁克斯和赤影警惕地對視着，似乎在等待對方露出破綻，就好像森林中狹路相逢的猛獸正準備展開一場激鬥。

終於，丁克斯先出手了，他一個箭步，如同離膛的子彈般衝向赤影。

赤影雙手分別釋放出水元素和風元素颶風應戰。

呼呼 ——

疾風席捲着鋒利無比的冰晶，形成一道高速的死亡冰晶風暴！丁克斯身上的衣服頓時被撕成了一條條碎布，但奇怪的是，他彷彿感覺不到疼痛一樣，不躲不閃地迎頭而上。

布布路他們的心瞬間提到嗓子眼，糟糕，丁克斯要被冰晶風暴吞噬了！

說時遲那時快，丁克斯猛地將身體一轉，一道黑影竟從丁克斯的身體中分離出來，而留在冰晶風暴中的那個軀殼瞬間就被撕扯成碎片！

夾雜着無數黑色灰燼和碎片的疾風擋住赤影的視線，布布路清楚地看到那個從丁克斯身體中分離出來的黑影居然是一個瘦小而精悍的年輕人。

　　「哼，真是讓人失望。」冰晶風暴消散，赤影鄙視着這個來歷不明的人，用讓人不寒而慄的語氣冷冷地挖苦道：「你剛剛怎麼都不肯承認自己的身份，現在卻為幾個不中用的小鬼放棄自己的使命嗎，九十九？」

沒有形體的怪物

　　赤影竟然稱呼這個「丁克斯」為「九十九」。

　　九十九是何方神聖，為甚麼要冒充丁克斯？難道山下被冰封的攝影師才是真正的丁克斯嗎？赤影說的「放棄自己的使命」又是怎麼一回事？布布路他們滿腹疑問。

餃子對大家使使眼色，似乎在告訴大家，除了警覺地留意赤影和九十九之間的動向外，必須時刻關注被關在暴風牢籠裏的米多麗，只要有機會就要想辦法把她救出來。

　　「我絕不會放棄自己的使命，因此，我還有一個選擇，那就是 ——」九十九眼神陰鬱地對赤影說：「讓你放棄！」

　　「就憑你？」赤影搖了搖頭，「你太弱了！」

　　「他才不弱呢，你身上的那個大窟窿就是他捅的！」布布路立刻聲援九十九，對赤影吼道。

　　「夠了！這不是你們該來的地方，趕緊離開！」九十九毫不領情地打斷布布路，「要不是我故意把我的煙袋留給你們躲避極光，你們早就死在這裏了！」

「原來這煙袋是你的！」餃子忙從口袋裏掏出一個高級黑絲絨的布袋子，這是他在半山腰撿到的。

布布路也豁然想到：他們被極光照射得最難以忍受的時候，有一朵灰塵組成的烏雲替大家阻擋了極光……但是那些灰塵很快就消散了……難道這一切都和這個小小的煙袋有關？

「原來是這樣……」賽琳娜吃驚地喃喃自語道。

九十九不再理會他們，他輕輕招了招手，煙袋就嗖的一聲飛出餃子的手心，纏到他的腳踝上。

赤影也沒打算留時間給他們繼續交流，他捏着手腕向九十九下了戰書：「今天就讓我見識一下你的厲害吧！」

「呵！」九十九大喝一聲，他周身纏繞起幾股細小的沙粒，確切地說更像是灰燼，這些灰燼嚴密地纏裹在他瘦小而精悍的身體外，儼然為他塑造出一套戰甲。他身上的皮膚也隨之灰白化，最後灰燼在他臉上形成一張面具，蓋住他的真實面目。

「他是個高手，而且是生活在黑暗中的那種人！」帝奇從九十九身上嗅到一種與賞金王家族極其相似的隱匿而強大的氣息。

但是讓大家更在意的是，九十九能打贏赤影嗎？

赤影可是強到離譜的存在！此時，所有人都深刻感覺到，赤影之前與布布路他們的交手只不過是在單方面戲弄他們而已，根本沒發揮出真正的實力。

跟九十九對戰時的赤影氣勢和剛剛截然不同，周圍的空氣瞬間跌至冰點以下，呼出來的熱氣好像馬上就會被凍結一般！

大顯神威，四不像的招牌能力

九十九和赤影無聲地對峙着，布布路他們完全插不上手。

「各位，我看九十九應該還能撐一陣子，」餃子小聲說：「我們與其在這裏乾着急，不如先想辦法營救米多麗……」

四人交換了一個眼神，躡手躡腳地靠近囚禁米多麗的暴風牢籠。

帝奇試探性地丟出幾把飛刀，就聽唭嚓唭嚓幾聲，堅韌的飛刀被風暴揉成「S」形，掉在地上。要是人貿然靠近的話，估計下場也會和這些飛刀一樣……

他們要怎麼做才能把米多麗從這個恐怖的暴風牢籠裏救出來呢？布布路着急地看看這個，又看看那個。

賽琳娜謹慎地從口袋裏摸出一塊白色的風石，不太自信地說：「理論上來說用風石造出的小型旋風，逆向攻擊這個大暴風牢籠力最弱的暴風眼，或許能破壞牢籠的結構。但是，我也只在書上看到過一些粗略的方法，面對這麼強勁的暴風牢籠我可沒把握能找準暴風眼。而且……我擔心會傷到米多麗。」

三個男生猶豫地相互看看，暴風牢籠的威力太強了，稍有閃失就有可能會傷到米多麗。

「沒關係，你大膽嘗試吧！剛才在渡海的時候，我看到你駕馭元素石的能力很強，我相信你可以的！」米多麗主動開口說，她的目光沒有一絲懼意。

賽琳娜原本緊張的情緒舒緩了不少，深吸一口氣，小心翼

翼地轉動風石，打算製造出細微的風去試探牢籠，尋找暴風眼的精確位置……

「布魯！」四不像突然怪叫一聲，從賽琳娜胳膊底下刺溜冒出頭來，啊嗚一口把她手上剛剛啟動的風石給吞了！

布布路四人的情緒瞬間從緊張直接轉化成傻眼。這隻怪物繼剛才讓人抓狂的口水攻擊之後，又來亂吞元素石。

「這是我口袋裏成色最好的一顆風石啊！布布路，你這隻怪物真是太亂來了！！」賽琳娜氣得直跺腳。

「就是！元素晶石可是很值錢的，怎麼可以亂吃？」餃子在一旁幫腔。

「價錢倒是次要的，重點是啟動狀態的風石會產生大量的氣元素，」帝奇繃着臉嚴肅地說：「當氣元素在有限的空間內達到飽和狀態時，就會引起爆炸……」

甚麼？那這隻醜怪物豈不是危險了！布布路急切地撲向自己那隻不爭氣的怪物，拎起它的長耳朵，把它倒過來猛抖，想讓它把吞下的風石吐出來：「快吐出來，吐出來！」

但是好像來不及了，四不像開始起反應了，一雙銅鈴大的眼睛瞪得渾圓，眼珠子高高地凸出眼眶，渾身鐵鏽紅的雜毛根根豎起，喉嚨深處發出嗚隆嗚隆的奇怪聲音。

完蛋了，雖然這隻紅毛怪既不聽話又愛搗亂，但好歹它也是自己的怪物，布布路可一點兒都不想看到它肚子爆炸慘死。

只見四不像那張原本就醜兮兮的大臉在扭曲之下變得更難看了，嘴巴極力張着，一團影影綽綽的東西在它喉嚨深處湧

動着、湧動着……突然間，那團東西對準布布路的臉嗖地衝過來！

「哇呀！」布布路突然感到小腿吃痛，一個跟蹌趴倒在地，幾乎是同時，一股強風險險地貼着他的頭皮撞向暴風牢籠。

轟的一聲炸響，暴風牢籠被撞了個稀巴爛！

米多麗失重地從半空中掉下來。

餃子輕巧地施展一招踏雲梯，一躍而起，十分紳士風度地接住米多麗，然後優雅地落在地面上。

「謝謝你哦，帝奇！」布布路捂着小腿從地上爬起來，感激地對帝奇說。原來剛剛是帝奇看到布布路來不及閃避，只好及時一腳把布布路踹倒在地，才躲過四不像吐出的強勁旋風。

「別挨我那麼近，走開點！」帝奇露出殺人的眼神，本來還想給帝奇一個「報恩擁抱」的布布路識相地退卻了。

「呸！」大功告成的四不像把風石吐在地上，還呸呸地補吐幾口口水，然後得意揚揚地看着眾人，顯然是等着他們來讚揚和誇耀它的強大能力。

但看着那顆飽含黏糊糊口水的風石，布布路連一句誇獎的話都說不出來。

新世界冒險奇談

第十四站 STEP.14

顛覆世界觀的大人物
MONSTER MASTER 10

九十九 VS 赤影

　　布布路他們好不容易救出了米多麗，而這一邊，九十九和赤影的戰鬥正趨白熱化……

　　九十九手間醞釀出兩團旋轉的灰燼，凝成兩柄威力極強的大斧，一左一右劈向赤影。

　　赤影不閃也不避，任憑大斧左右砍在自己的肩頭。架住雙斧的同時，兩團燃燒的火苗舔上斧刃，火星四濺，雙斧轉眼又燒成灰燼，火勢直逼九十九的眉心。

糟了！餃子、賽琳娜和帝奇全都臉色鐵青，心中暗叫不妙，但布布路卻眼睛一眨不眨地盯着九十九，似乎發現了甚麼。

只見被烈火圍困的九十九居然露出了一個詭異的笑容。

轟！一聲巨響，九十九整個人爆炸了，冰山頓時如地震般地動山搖，正如同觀戰的布布路一行忐忑不安的心情。

爆炸引起的灰燼還未散開就重新聚攏了，它們凝結成兩個九十九，一左一右夾擊赤影！

赤影再也不敢怠慢，雙手交叉，一道爆炎火球、一道寒冰利刃分別朝左右兩個九十九飛去。

火球與冰刃不偏不倚地同時擊中了從左右兩邊發動攻擊的九十九。

左邊被火球擊中的九十九全身呈現暗紅色，如同就要被熔化一般；而右邊被冰刃擊中的九十九在原本的灰白鎧甲外增加了一層藍白色的冰晶物質，想必此時溫度已接近絕對零度！

但奇怪的是左右兩邊的九十九並沒有因此而有半點減速的跡象，仍然直衝赤影而來。

赤影依舊不閃不避，就在兩個九十九貼近赤影的瞬間，九十九的身體再次爆炸了。灰燼四處瀰漫，分散組合，由兩個重新匯聚成一個。

布布路他們目瞪口呆地看着激戰的兩人，九十九雖然能神奇地利用灰燼作戰，但赤影的反應讓人深感不安，他並沒有採取積極有效的防禦手段，都是不閃不避地結結實實地承受攻擊，總覺得他的實力深不見底。

赤影開口說話了：「九十九，我勸你放棄吧，你的能力我已經瞭解了……」

　　赤影的語氣與其說是勸告，不如說是威脅：「你的怪物應該就是傳言中的灰閻獸，是一隻Ａ級的第五元素怪物，並沒有固定的實體，能力是以主人的意念用灰燼來塑造各種實物。雖然它變化出來的實物能做到極其堅硬並且水火不侵，但若在沒有變化成實體之前……灰塵永遠就是灰塵，遇火則焦，遇水成泥，倘若再遇上疾風……」最後，他拖長了音調，刻意不把話說完。

　　但包括九十九本人在內，此刻，所有人心中都已經知道了答案。

巔峰之敵，赤影的真容

赤影將斗篷往後一甩，幾道強勁的疾風迅速形成龍捲風纏繞在四周，蠢蠢欲動。

一團黑影以肉眼難以看清的速度從赤影的斗篷裏飛出，繞着他周身轉了一圈，那些在戰鬥中飛濺在地的藍血全都離奇地回流進赤影體內，他前胸後背上被利刃貫穿的傷口以及雙肩被利斧劈砍的傷痕都自動癒合了！

布布路幾人全都傻眼了，怎麼回事？

詭異的事情還沒結束，赤影的傷口才剛復原，九十九就發出一聲慘叫，痛苦地撲倒在地。一道猙獰的傷口在九十九前胸後背和雙肩浮現，鮮血從傷口中噴濺而出，最詭異的是，那傷口的嚴重程度和位置與赤影身上剛剛消失的一模一樣！

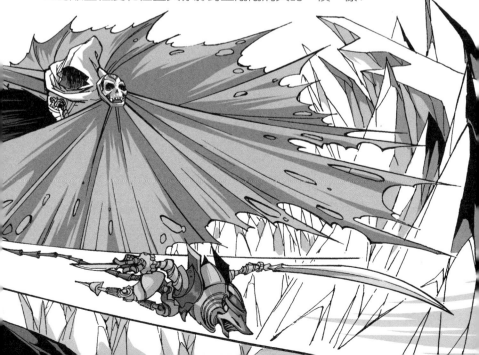

　　九十九劇烈地抽搐着，身下的冰層淌滿駭人的鮮血。

　　「是那團黑影幹的！」布布路憑藉驚人的眼力和直覺做出推斷，他指着落在九十九身側那團有如黑影般的怪物。怪物全身覆有金屬鎧甲，脖子粗長，長着鯊魚一樣的尖角面孔和血盆大口，雙肩各自嵌着一個張開大口的骷髏頭，雙臂縛雙盾，手持長短雙刀，渾身上下散發出一股黑暗的氣息。

　　究竟發生了甚麼？那隻怪物好像能將傷口從一個人身上轉移到另一個人身上！

　　怪物瑩綠陰森的目光與赤影冷冽無情的目光一起轉向布布路他們，如同居於食物鏈頂端的猛獸打量着毫無抵抗力的弱小獵物。

　　完了，光對付一個赤影已經讓他們束手無策了，再加這個怪物，他們連一絲一毫逃命的機會都沒有了！

　　赤影發出嘲弄的輕笑，不屑地抬起手，幾種顏色的能量在手中相互撞擊交融發出劈啪的響聲，看來赤影是準備給眼前這幾個礙事的小鬼最後一擊了。

　　就在這時，重傷倒地的九十九掙扎着一躍而起，手中攥着一塊爆破晶石，奮不顧身地撲向赤影。

　　面對準備與自己同歸於盡的九十九，赤影依舊不動聲色。

　　呼的一聲，赤影的怪物猛地橫插進來，用持短刀的手肘將九十九撞開，另一隻手裏的長刀則精準地將那塊啟動的爆破晶石在空中劈成數十塊。變成碎屑的爆破晶石飛散開來，落在不遠處的冰層上轟轟炸裂。

　　九十九重重跌落在地，手中死死地拽着一塊赤紅色的布，再也沒有力氣爬起來了。

　　「你沒事吧？」賽琳娜和米多麗焦急地上前檢視九十九的傷情。三個男生則抬頭去看赤影，九十九在最後關頭撕掉赤影遮臉的面罩，真容暴露的赤影警惕地後退數步。

　　那是一張十分威嚴的面孔，凌厲上挑的眉毛，冷酷又帶着嘲弄的眼神，沒有任何弧度的一字形嘴脣，下巴上蓄着一簇鬍鬚，濃密的金髮一絲不亂。

　　帝奇和餃子腦中也一陣陣嗡響，這張臉太熟悉了！

　　「我在書……書裏見過這……這個人……」賽琳娜抬起頭來，緊張得嘴脣哆嗦起來。

　　三人額頭青筋暴跳，彷彿有一條冰冷的巨蟒死死地纏住他們的身體，胸腔內一陣陣發堵，在強烈的震撼面前，他們的手腳幾乎都不聽使喚了。

　　「咦，你們認識他？」從小生活在影王村墓地的布布路沒見識地撓着頭，米多麗也是一頭霧水。

　　「這不可能！你怎麼會是十影王之一──阿爾伯特？」帝奇震驚得一反常態地拔高了嗓音。

　　餃子手腳顫抖，心中暗暗哭號：嗚嗚……就算他們沒有失憶，充其量也不過是四個怪物大師預備生而已，竟然會遭遇阿爾伯特這種巔峰之敵！

投身黑暗的赤色賢者

「阿爾伯特⋯⋯？」布布路重複着這個有些耳熟的名字，腦子中好像隱隱有片猩紅色的森林在搖晃⋯⋯但是他始終不記得在哪裏聽過這個名字。

「你連阿爾伯特也不知道？」餃子用走調的聲音怪叫道：「虧你還是來自焰角・羅倫的故鄉 —— 影王村的！難道你不知道同為十影王之一的阿爾伯特？他可是達到巔峰領域的煉金師，被世人尊稱為『赤色賢者』！」

「難怪他能憑空製造各種強大元素攻擊，他必然已經掌握不需要元素石也能隨意操控元素的最強煉金術了！」賽琳娜焦慮地補充，「有關十影王的書籍都有記載，阿爾伯特的怪物叫禦刃，是第五元素系的 S 級怪物，基本能力是吸收傷害，可以起到療傷的作用，進而它又可以將在戰鬥中吸收的傷害自由地轉移到敵人身上，毫無疑問，這就是剛剛九十九被打敗的原因！」

「噢噢，煉金術竟然這麼神奇！真是太厲害了！」布布路看着禦刃，眼睛閃閃發光。

「現在不是誇讚敵人的時候！」帝奇的眉頭擰得能夾死一隻蒼蠅，「史料記載阿爾伯特活躍的時代距今可有上千年的時間，為甚麼他會出現在這裏？」

「難道他已經達到了煉金術夢寐以求的最高境界 —— 超脫生死界限了嗎？可是，對永生的追求是只有墮入黑暗的煉金師

才會產生的邪念啊，而且，很多煉金大師已經做出報告：根據煉金術『等價交換』的原理，人類的永生是痴心妄想，也是觸犯自然規律的禁忌！」賽琳娜惶恐地瞪大眼睛，「我看過的許多書中都記載，阿爾伯特曾經親口說過，人類不該去更改自然規律，否則根據『此消彼長』的亙古定律，人類定會遭到自然的反噬！」

餃子也若有所思地沉吟道：「而且，十影王代表正義，怎麼會加入邪惡的食尾蛇組織呢？可這傢伙不僅打傷摩爾本十字基地的院長，還奪走了另一個十影王夏蓮的家族祕寶，這都說不過去吧……」

「我知道了，這傢伙是個冒牌貨！」聽到這兒，布布路氣呼呼地一跺腳，指著那個和史書中的阿爾伯特長得一模一樣的人，大聲質問道：「你是甚麼人，為甚麼要冒充了不起的十影王……巴巴個特？」

餃子三人齊齊抬手抹去額頭的冷汗，這個據說是他們同伴的傢伙，到底是內心充滿正義，還是無知者無畏啊……

「切，你錯了……」赤影發出一聲嘲弄的輕笑，玩味地對布布路搖搖手指，「『十影王』的稱號，不過是後人按照他們自己的善惡標準評選出來的，還自以為是地把那套『光明、正義』的理論奉為榜樣，甚至還弄出所謂的『怪物大師培訓基地』，強迫所有人都要千篇一律地遵從，真是可笑！他們難道不懂自然萬物要遵循『此消彼長』的守恆規律？沒有黑暗，何來的光明；沒有邪惡，又怎麼會有正義？如果你永遠站在光明裏，根

本看不清黑暗，只有融入黑暗，才能參透黑暗。所以，『十影王』這個可笑的稱號，只是我的拖累和束縛。我沒有興趣接受後人的仰慕，也不想成為誰的偶像。你們明白了嗎？」

「十影王」可是後人們評選出的品德、能力、貢獻最高的怪物大師，是所有追逐正義和理想的怪物大師們引為榜樣的人！然而赤影竟然對「十影王」的身份充滿了唾棄和厭惡……餃子他們狐疑地交換眼神，他驚人的實力和怪物的特徵幾乎已經驗證了他真的是被世人尊稱為「赤色賢者」的十影王——阿爾伯特。他到底經歷了甚麼？他墮入黑暗的原因又是甚麼呢？

阿爾伯特不再給布布路他們提問的機會，他面無表情地揮揮手，冰層之上緩緩升起一座由土元素幻化而成的十字絞刑架，趴在地上的九十九被一股厲風捲起，送上絞首台。

他要對九十九做甚麼？

怪物大師職業選定指南

Q07

你在加入暗部之前被主考官詢問說，願意擔任以下哪種工作？

A. 成為戰鬥機器！
B. 搜尋見不得光的祕密罪證。
C. 作為培訓官輔導新加入的暗部成員。
D. 到年老死亡之前，都駐守在同一個地方進行監視。
E. 在暗處保護藍星上重要的政商界人士的安全。

■即時話題■

餃子：我很好奇，暗部到底有多少人，有幾個排名比較特殊的會不會心態不平衡？

獅子堂：我只能告訴你，暗部的規模非常有限，並不是人人都能加入暗部，那需要非常好的心態和能力。另外，你說的排名比較特殊的人是指那些數字靠後、想要取得進步的人吧？是的，暗部的競爭是難以想像的激烈，誰都想要進前十位，尤其是1的位置更是所有人的夢想……

餃子：不不不，其實我想問的是，拿到38、250號之類排名的人會不會很鬱悶？因為你看，整天被叫三八、二百五的！

獅子堂：……

朔月：獅子堂，別理這些賤民，他們的腦袋裏裝的都是垃圾！

完成這個測試後，你可以鑒定自己適合成為甚麼類型的怪物大師。
記下你的選擇，測試結果就在第十部的204，205頁，不要錯過哦！

MONSTER MASTER

這是成為怪物大師的必經之路！！！

尊敬的讀者：現在你跟隨布布路一起踏上了成為怪物大師的道路！向所有的困難發起挑戰吧！

冰封的時之輪

MONSTER MASTER 10

新世界冒險奇談

第十五站 STEP.15

傳承百年的責任

MONSTER MASTER 10

✚字絞刑架上的逼供

　　冰冷的絞索像一條條吐着毒芯的黑蛇，將九十九纏縛在高高的十字絞刑架上。

　　布布路他們靠在一起，警惕地注視着阿爾伯特的一舉一動，尋找着任何可以救九十九的時機。

　　「說！」阿爾伯特逼問九十九，「時之輪究竟被埋在時之塚的甚麼位置？」

　　九十九雖然十分虛弱，但眼神中卻毫無懼意，似乎對自己

的生死毫不在乎。

「嘖嘖，為了任務，你要犧牲這幾個小鬼嗎？哦，還有怪物大師界德高望重的愛倫‧尼科爾院長。如果你不告訴我時之輪的所在地，他們失去的記憶可就永遠找不回來了！」阿爾伯特冷冷地說。

「果然是你奪走我們的記憶！」賽琳娜氣急敗壞地朝阿爾伯特吼道：「記憶是一個人最寶貴的精神財富，你怎麼能隨便奪走它！」

「我的記憶也是被你奪走的對不對？」米多麗激動地開口，「把記憶還給我，還有時之鍵，那是屬於守護者一族的東西！」

「你的記憶丟失和我無關。不過，多謝你的提醒，」阿爾伯特指着米多麗，轉向九十九說：「D.K.99 你可以不在乎自己的性命，但你也打算不顧這位真理守護者的性命嗎？」

九十九遲疑地看了看米多麗，依然沉默不語。

「剛才阿爾伯特稱九十九為 D.K.99，」帝奇壓低聲音，悄悄對其他人說：「據我所知，D.K. 是 Dark Stalker，意為黑暗潛行者，是怪物大師管理協會下面一個最為隱祕的組織，專門負責各種隱祕行動，往往有些事情的真相並不是那麼光彩，他們的身份也絕不能被暴露。他們從事如諜報、密探、狙擊甚至暗殺等工作，表面上，他們的行事風格和我們賞金王雷頓家族驚人地相似，但其實存在着本質上的不同，我們家族是收錢辦事，而黑暗潛行者則是完全服從上級指令。並且，傳言他們終生都只用數位作為代號，數位愈小，表示能力就愈強。」

「排名第九十九的就這麼強了，黑暗潛行者究竟是多麼強大的組織？」布布路額頭上冷汗直冒，他突然意識到自己失去的半年時間所接觸到的是多麼不可思議的新世界。

　　「因為不能以真面目示人，所以九十九才冒充丁克斯嗎？」賽琳娜琢磨着說：「那麼他在狄巴小鎮潛伏，是在執行管理協會的甚麼任務嗎？」

　　「我的任務是監視時之輪，確保它的資訊不會落入任何人之手，」九十九聲音沙啞，卻不卑不亢，「即使犧牲性命我也要做到！但是……」說到這兒，九十九看了一眼阿爾伯特，自嘲地說：「阿爾伯特，你問錯人了，因為我根本不知道時之輪在哪裏！」

終其一生的黑暗任務

D.K.99 終於開口了，他幽幽說道：「我執行守護時之輪的任務已有三十年了⋯⋯」

時之塚是封印時之輪的聖地，歷來就是怪物大師協會重點保護的地方。

因為時之輪的存在，時之塚範圍內的時間非常紊亂，充滿危險。而有關時之輪的事是對外嚴格保密的，即使作為守衛者的 D.K.99 也根本不知道時之輪的具體位置。

一般來狄巴的遊客只知道時之塚是一座遊人止步的極寒冰山。

不過，愈是危險的地方，就愈是會吸引大批熱衷獵奇的冒險家，歷代 D.K.99 的任務就是阻止任何人靠近時之塚。

三十年前，前任黑暗潛行者九十九因年老而去世。他剛剛接手這個任務，就聽聞一支冒險隊偷偷闖入時之塚，不幸的是，他追上那支冒險隊時，他們已經遇難了。冒險隊在毫不知情的情況下被凍僵，永遠被定格在時間的墓穴之中。

九十九借此為自己編造了一個全新的身份，就是那支全軍覆沒的冒險隊中唯一的倖存者 —— 攝影師丁克斯，並用自己離奇恐怖的冒險經歷警告大家，不要再讓悲劇重演，盡職盡責地阻止所有妄圖接近時之塚的人。

接下來的三十年，九十九以冒險隊唯一倖存者丁克斯的身

份，一個人生活在狄巴小鎮。他時刻都保持着戰鬥狀態，隨時準備以生命為代價阻止靠近時之塚的人。如果哪一天他犧牲了，怪物大師協會便會立即派出新的九十九……他知道這是一個連名字都不會留下的黑暗而孤獨的任務……

終其一生都獨自待在同一個地方，沒有朋友，沒有親人，還不能讓別人發現自己的真實身份與樣貌，這樣孤獨沉悶的生活一般人都難以忍受吧！不知為何，布布路覺得心裏很難受，九十九和……好像！他的腦中有一雙湛藍色的眼睛和大片猩紅的色彩一閃而過，但他想不起那是誰了。

「連名字也不會留下的任務真是太可憐了……」布布路皺着眉頭，眼睛中淚光閃閃。

而阿爾伯特若有所思地轉過了身。

火之巨矛，崩塌的時之塚

「罷了，」阿爾伯特退開幾步，歎息般說道：「我原想保留時之塚這座天然奇觀的，既然你不肯告訴我時之輪的位置，那我只能把這裏徹底毀掉，掘地三尺也要把時之輪給找出來！」

九十九立即警覺地大吼：「不，你不能……」

阿爾伯特不再理會其他人，他徑直走出十餘米後停了下來。高舉右手，掌心盤旋出耀眼的紅色火焰，那些噴出的火焰愈升愈高，逐漸變成一簇簇橙黃色的火舌，它們相互纏繞、盤

旋、積蓄力量，形成一把巨大的烈焰長矛，長矛尾端直通天際。

更讓人感到戰慄不安的是，天空不知何時聚集了黑壓壓的一大片雷雨雲，不斷有悶雷聲從翻滾的雲層中傳出來。

一股不祥的預感籠罩在布布路幾人的心頭，阿爾伯特究竟想幹甚麼？

轟 ——

一道閃電結結實實地劈在阿爾伯特手中的巨大烈焰長矛的尾焰上！烈焰長矛隨之出現了駭人的變化，橙黃色火舌劇烈收縮，能量頃刻間被極度壓縮了！只是一眨眼的瞬間，阿爾伯特手中的烈焰長矛整個化為白熾光弧的純能量形態！精粹到沒有一絲雜質！

與此同時，周遭狂風四起，夾雜着冰晶碎屑與消散的火苗的能量電弧從阿爾伯特身上向外逸散開來。

所有人都忍不住吞了吞口水，全被阿爾伯特精湛的煉金術驚呆了。

即使在這萬年冰山之上，從阿爾伯特周身散射的電弧也讓空氣變得燥熱不堪，那些稍薄一點的千年冰壁瞬間即被氣化，蒸汽燙得布布路他們不能靠近阿爾伯特半步。

終於，阿爾伯特向上拋起巨形白熾光弧長矛，長矛上升了數米之後，以肉眼幾乎看不到的速度猛地加速下墜，直直刺入了腳下的萬年冰壁。

呼呼呼！長矛整個沒入了冰層，在萬年冰壁上劃出了一條巨大的口子，炙熱的能量在冰層疾速燃燒、蔓延着。

　　阿爾伯特腳下那條駭人的裂縫儼然成了人間與地獄的分界線，冰山被劈開了，一邊安然無恙，一邊極速融化。

　　咕嚕嚕，咕嚕嚕……布布路幾人腳下的冰層內部開始大面積融化了，冰塊融化成水，又立即被高溫燒至沸騰，滾燙的水蒸氣激烈地頂撞着冰蓋，半座時之塚剎那間如同燒開的水壺一般震動起來，眼看滾燙的水蒸氣就要破冰而出。

　　「阿爾伯特想融化時之塚！他瘋了嗎？！」餃子驚懼地大叫起來。

　　「冰山就要塌了，我們會被燒開的水煮熟！」賽琳娜臉上的血色刷的一下子消失了，聲音發顫地說：「被崩塌的冰山煮熟，這死法太離奇了，我可接受不了……」

　　「小心！」帝奇警覺地後退。

　　咮咮咮咮……

　　大家腳下的冰層愈來愈薄了，蒸騰的熱氣讓人呼吸困難，一絲絲可怕的裂縫像蛛網一樣在冰山上四散開來，沸騰的水在縫隙裏蠢蠢欲動。

　　綁着九十九的十字架下面隆起了一個大包，沸水如同噴泉一般自下而上洶湧而出！

　　被五花大綁的九十九避無可避，絕望地閉上眼睛……

　　但死亡沒有如期而至，九十九感到身體驀地一輕，睜眼一看，原來布布路在關鍵時刻扛起十字架，他的背部和雙手被蒸汽燙得焦黑，但他只是滿不在乎地笑着對九十九說：「還來得及，真是太好了！」

　　九十九還沒來得及開口說話，就覺得身體一沉，四不像不客氣地跳到他身上，嗷嗚一口咬斷了纏住九十九的繩索。

　　「謝⋯⋯謝。」九十九吃了一驚，他在這座冰山旁的小鎮默默獨居了三十年，終日與孤獨為伴，在他的信仰中，任務高於一切，他將自己磨煉成了一柄純粹為任務而生的冰冷利刃，但是沒想到這個孩子竟然為了他不顧自己的安危。這讓他感受到久違的來自同伴的溫暖，那股溫暖的力量讓他冰冷的內心感受到一陣暖意。

　　然而，死亡的危機仍然如影相隨，裂縫蔓延的速度比他們想像的更快，落地的九十九和布布路左躲右閃，只過了短短一瞬間，就幾乎沒有下腳的地方了。

　　唪 —— 不堪重負的冰山轟然爆裂，千萬噸沸騰的水瘋狂地噴湧而出，如同急驟跌落的瀑布般一股腦兒傾瀉而下。整片海面瞬間籠罩在濃濃的蒸汽之中，激起的水霧和跌宕的浪濤在海面上形成一幅震慴心魂的壯闊奇觀。

　　布布路四人以及米多麗、九十九，六人頓時只覺得身體瞬間如樹葉般與碎成粉末的冰粒一起飛到了空中。

　　命懸一線之間，賽琳娜感覺到體內有一股澎湃的力量在不安地躁動着，一個聲音在她腦中迴響：「需要這巨大的力量嗎？我可以將這力量為你所用⋯⋯但這不是屬於你自身的力量，使用它就得付出代價！你將會在未來數天內都如同剛出生的嬰兒般虛弱，幾乎失去所有的戰鬥力，你只能靠你的同伴保護才能度過可能發生的一切危險！」

「誰都好！甚麼力量都行！我願意付出任何代價！我要救大家！」賽琳娜聲嘶力竭地大聲呼喊道。

原本融入她體內的水元素始祖海因里希的水之牙發動了，賽琳娜全身上下浮出耀眼的淡藍色銘文，水精靈也閃耀着光芒跳出了怪物卡，並且瞬間進化了，它矯健有力地飛上天空。

「唧！」水精靈眼中湧出一絲光亮，吐出一個清涼而巨大的水球，將走投無路的一伙人全都包裹在內……

冰封的時之輪

MONSTER MASTER 10

新世界冒險奇談
第十六站 STEP.16

被打開的祕寶
MONSTER MASTER 10

轉動的時之輪

　　經過阿爾伯特的一番毀滅性洗禮之後，高高聳立在海面上的冰山只剩下了一半，另一半幾乎夷為平地，剩下一小截還漂浮在海面上，還在慢慢繼續融化⋯⋯

　　布布路他們在水球中，向着冰山的殘留部分緩緩下落，一個個冷汗直流。如果沒有水精靈及時製造出水球，他們現在早已隨着萬噸沸水從高高的山頂跌落，不摔成肉泥也被煮得稀爛。

「唧唧！」隨着水霧漸漸散去，水精靈的體力瀕臨耗盡，水球愈來愈稀薄，最終啪的一聲破碎了，水精靈化作一道光回到怪物卡中。而賽琳娜也渾身脫力，身體如同被抽掉了骨頭一般，像一攤軟泥一樣往下倒去，餃子連忙扶住了賽琳娜。

大家全都癱坐在地，周圍的空氣像蒸籠一般。賽琳娜虛弱地將怪物卡放進貼身口袋。

「看那邊！」布布路發現了甚麼，眼睛瞪得比皮球還圓。

只見冰層中赫然露出一座無比龐大的輪盤，輪盤上鑲嵌着無數根指標，所有的指標全都處於靜止狀態，盤身渾圓而烏黑，散發出陣陣攝人心魄的寒氣。

「這……這是……」米多麗像被吸走靈魂般魂不守舍。

阿爾伯特手中射出一抹幽幽的白光，時之鍵發光了！龐大的輪盤呼應般地發出銀色的光亮。

「噢噢噢噢！」布布路驚訝得說不出話了。

「這就是時之輪……藍星上最古老的祕寶嗎？」餃子的聲音因為緊張而乾巴巴的。

九十九目不轉睛地盯着時之輪，作為時之塚的守衛，他也是第一次看到時之輪的真面目。

原來時之輪被埋藏得這麼深，看來只有像阿爾伯特這樣的絕頂高手，才能鏟平半座時之塚，找到時之輪的所在。

時之輪閃爍着耀目的銀光，在冰壁的反射下愈來愈刺眼，布布路他們根本無法直視，阿爾伯特卻激動地握着時之鍵，不受影響地大步向輪盤走去。

「不!」九十九低吼,但他身受重傷,已經再沒力氣迎戰阿爾伯特了。

「不能讓他得逞,一旦他使用時之鍵開啟時之輪,肯定會引起更可怕的事情!」帝奇一聲大吼,餃子、布布路和米多麗從各個方向圍住了阿爾伯特,試圖奮力一搏。

尤其是米多麗,她深吸了一口氣,腳下發力向阿爾伯特衝去,這也許是她最後搶回時之鍵的機會了!

然而她的希望很快粉碎了,砰的一聲悶響,大家全都仰面朝天地跌倒在地,阿爾伯特早有準備地在空氣中製造出一道無形的能量屏障。

被隔絕在屏障之外,大家只能眼睜睜地看着阿爾伯特將時之鍵嵌入時之輪中央的空缺處⋯⋯

就在時之鍵和時之輪完美結合的瞬間,四周突然變得出奇的安靜,原本沸騰的海面的巨浪聲和空氣中逸散開來的各種元素能量的躁動聲,彷彿在這一刻全都靜止了。

時之輪上原本靜止的指標慢慢地轉動起來。一個如同水滴般被放大數百倍的聲音機械地傳入大家耳中 ——

滴答、滴答、滴答⋯⋯

「是時間的聲音嗎?」靜寂中,米多麗緊張地盯着時之輪。

如果真如尼科爾院長所說,她就是十影王之一夏蓮,眼前這個巨大的機械輪盤就是她和她的守護者家族世代守衛的東西,可是,此刻她卻全無印象⋯⋯

布布路一行也期待地看着米多麗,她的記憶會回來嗎?

鎖鏈的突襲

滴答、滴答、滴答……那聲音開始加速，愈來愈快，愈來愈快，有如魔音穿腦一般刺激着聽者的耳膜。唪嗒一聲，輪盤的表面赫然開啟，露出內部精密複雜的無數齒輪，巨大的齒輪層層疊疊地相互交錯、咬合、轉動……

布布路警覺地豎起耳朵，他好像感覺到有甚麼東西在暗處蠢蠢欲動。

唪啦啦，唪啦啦……

錯動的齒輪下發出滲人的金屬擦撞聲，成百上千根鎖鏈從齒輪的縫隙中密密麻麻地蜂擁躥出。

「大家小心！」布布路一聲大喝，所有人手忙腳亂地躲避，那些鎖鏈就像長了眼睛，目標精準地跟在每一個人身後窮追

不捨。

「媽呀！」餃子氣喘吁吁地咧開嘴尖叫：「我有密集恐懼症啊！」

打開的時之輪中，密密麻麻的鎖鏈如蛆蟲般蠕動，源源不斷地從輪盤中央湧出，向外散射！那些鎖鏈的運動軌跡毫無規律可言，它們相互纏繞、交錯，以極其詭異刁鑽的角度向四周發動了進攻。

只見伸長的鎖鏈由最初單一的一根變成數百根，其中數十

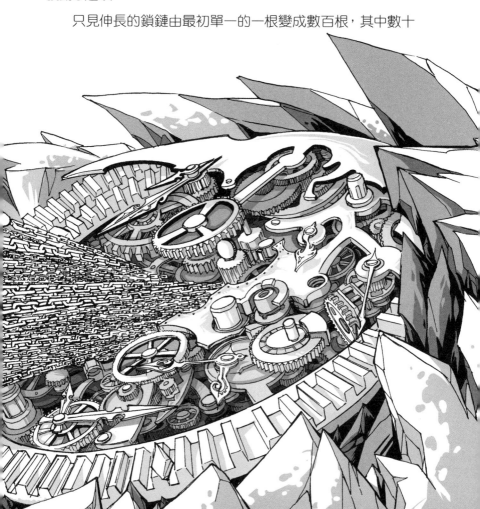

條為一個進攻單位，纏繞而成一條更粗、威力更為巨大的鎖鏈！十幾根威力巨大的鎖鏈四散開來，呼嘯着衝向阿爾伯特和布布路一行。

阿爾伯特似乎早有準備，在鎖鏈靠近的瞬間消失了……

猝不及防，九十九、米多麗和布布路他們成了鎖鏈集中攻擊的目標。

餃子甩出長辮，將一根纏住賽琳娜的鎖鏈撞離正常軌跡。

帝奇從側面甩出數枚暗器想要釘住幾根鎖鏈，但帝奇丟出的暗器就像碰到磁石般，牢牢地吸附在鎖鏈上，很快，精鐵打造的暗器便和鎖鏈融為一體！

「這些鎖鏈很不對勁！」餃子氣喘吁吁地提醒大家，「帝奇放出的暗器居然被它們吸收了！」

「噢噢噢，這是甚麼鬼東西啊？」布布路驚呼。

「那東西在保護時之輪！」米多麗看向佈滿齒輪的輪盤中心，黑乎乎的鎖鏈像無數條糾結在一起的黑蛇，張牙舞爪地翻湧着向敵人示威。她不知道為何自己這麼肯定，但不管是時之輪，還是詭異的鎖鏈，都讓她有種莫名的熟悉感。

對決，以棺材為武器

無數鎖鏈鋪天蓋地地襲來！布布路他們連忙左躲右閃，但這些鎖鏈就像長了眼睛似的，對他們窮追不放。

由於鎖鏈的進攻方式千變萬化，所以不管是近身戰，還是

遠距離戰鬥，都具備十足優勢。

　　而且賽琳娜和九十九，一個身體虛弱，一個身受重傷，更加難以躲避。

　　「呵啊！」看到賽琳娜和九十九深陷危機，布布路奮不顧身地衝到前面，用背後的棺材做盾牌，擋在大家前面。

　　鎖鏈重重地砸在布布路的棺材上，嗡的一聲，棺材傳過來的震動直通骨髓，震得布布路雙手發麻。

　　布布路還沒來得及反應，更多鎖鏈如蟒蛇一般緊緊纏住了他。比起其他人，鎖鏈似乎對布布路更感興趣，原本襲向其他方向的鎖鏈也全都集中過來。

　　「小心！」米多麗疾呼。

　　「是棺材！鎖鏈纏上了棺材！它想吸收掉那棺材！」餃子大叫不妙，他意識到此時的狀態跟之前鎖鏈吸收帝奇的暗器相同。

　　「布布路，趕快丟掉棺材！」賽琳娜焦急地大喊。

　　「那可不行！這可是我家老頭子送給我的！」布布路憋紅了臉，拽着棺材大喊。

　　密密麻麻的鎖鏈從各個方向死死地困住了布布路，同時將其他人隔絕在外。

　　「才不把棺材給你！」布布路用力揮舞着棺材，原地轉了個圈，出人意料的是，一根根鎖鏈竟然被打飛出去！

　　噢！好厲害！其他人詫異地瞪圓了眼睛，布布路自己也不由得暗暗吃驚，爺爺給的棺材究竟是甚麼來頭，居然如此堅硬。

　　「我第一眼看到你這口棺材就知道它不簡單。這應該是由

S級怪物泰坦身上的泰坦原石鍛造出的金盾棺材，其堅硬度可說是藍星第一！鎖鏈也許看中它了，但鎖鏈想吸收它估計需要花很長時間！」九十九艱難地說道。

噢噢噢，泰坦原石！原來這棺材大有來頭！布布路吃驚不已的同時也信心陡增，使出蠻力揮着棺材希望能衝出鎖鏈包圍圈。

「我們上！」帝奇對其他人使眼色，幾人全都使出渾身解數從外圈攻擊、牽制鎖鏈。

然而鎖鏈的攻勢卻沒有受到絲毫影響，反而愈來愈猛烈，更多的鎖鏈從時之輪中伸展出來，似乎無窮無盡……布布路已經被震得雙手不停地顫抖，大家都只能勉強招架，且戰且退。

「可惡！再這樣下去，等我們體能耗盡，就糟糕了。」布布路着急地喊道。四不像也在布布路頭上手足無措地抓耳撓腮。

就仕這時，米多麗一個飛身，從鎖鏈的縫隙跳到布布路身邊。

出乎意料的事發生了——

鎖鏈堆深處傳出哳啦啦一聲刺耳的摩擦聲，就像是急速行駛的汽車被猛然踩下煞車腳踏，車輪在粗糙的路面上劃出一道深深的車轍，所有的鎖鏈全都如同定格般停住了。

面對米多麗，鎖鏈的攻擊停止了。

這是怎麼回事？布布路他們和九十九面面相覷。

難道那些鎖鏈跟米多麗有甚麼聯繫？

怪物大師職業選定指南

Q08

你萬萬沒有想到面前十惡不赦的敵人的真面目竟然是傳說中的十影王，你當下會怎麼做？

A.. 躍躍欲試地想要和對方進一步交手。

B. 不管是誰，犯罪都是不可原諒的，依然要戰鬥到底！

C. 懷疑其中另有隱情，嘗試與對方溝通。

D. 立刻結束戰鬥，逃命要緊……

E. 完全忘記了自己的立場，要簽名要合照！

■即時話題■

布布路：餃子，你這麼晚還不睡覺啊？

餃子：噓，我偷偷接了一份兼職，是給《新琉方日報》寫關於十影王的專欄，這幾期的反響很熱烈，這次我準備寫阿爾伯特！

布布路：哇啊，阿爾伯特啊……但是你要告訴讀者，他其實是壞蛋，而且對我們都很不屑嗎？

餃子：你不懂，讀者就喜歡這種調調，故事中人物的人生總是充滿了跌宕起伏的戲劇性，好好壞壞、壞壞好好，說不定再出場時，又變了個樣子也說不定……而且他雖然對我、你，還有帝奇都很不屑，但你沒注意他看到大姐頭使用水之牙力量時的表情嗎？明明很震驚好不好？哼哼哼！

布布路：餃子，為甚麼我覺得你很得意的樣子？明明厲害的是大姐頭，讓阿爾伯特刮目相看的也是大姐頭啊！

餃子：這就不懂了，我們是志同道合的同伴，你的功勞就是我的功勞，你的榮譽就是我的榮譽！我得意一下有甚麼關係？！

完成這個測試後，你可以鑒定自己適合成為甚麼類型的怪物大師。

記下你的選擇，測試結果就在第十部的204，205頁，不要錯過哦！

MONSTER MASTER
LOVE DREAMS

這是成為怪物大師的必經之路！！！

尊敬的讀者：現在你跟隨布布路一起踏上了成為怪物大師的道路！向所有的困難發起挑戰吧！

冰封的時之輪

MONSTER MASTER 10

新世界冒險奇談
第十七站 STEP.17

甦醒的夏蓮
MONSTER MASTER 10

兩個夏蓮

就在眾人充滿疑惑的時候，那些密密麻麻的鎖鏈瘋狂地翻湧、扭動着，竟然漸漸扭擰出一個恐怖的人形！

鎖鏈怪人扭動着，側身站到了一邊，一個少女緩緩地從時之輪中央浮出。

布布路驚訝地張大了嘴巴，他看看米多麗，再看看時之輪裏出來的少女，兩人分明一模一樣，就像在照鏡子一樣，大家的眼前竟然出現了兩個夏蓮！

不同於米多麗清澈的眼神，少女身上似乎隱隱散發出一種讓人心神不安的黑暗氣息……

「你是誰？我……我又是誰？」米多麗愕然地喃喃自語。

「我是十影王——夏蓮！你不記得我了嗎？」少女睜開了眼睛，盛氣凌人地說。不知為何，她看米多麗的眼神充滿了憎惡和唾棄。

「不，你不是夏蓮！」九十九氣息虛弱地反駁道：「守護者一族的家訓是『仁義禮智信』。夏蓮雖然年輕，卻是百年難得一見的智者，行事穩健，為人和善，曾經在大陸會議上舌戰十位國主，令其放棄製造破壞性武器的計劃。她絕不可能像你這樣渾身戾氣沖天！」

「對！夏蓮雖然失去了記憶，但她就在我們身邊！你究竟是誰？為甚麼會在時之輪裏面？」布布路將米多麗向前推了推。

「她是夏蓮？」少女的嘴角扯着詭異的弧度，鄙夷地盯着米多麗。

氣氛陡然變得緊張，布布路他們全都警惕地看着這個自稱是夏蓮的少女。

誰也沒注意到，不遠處，阿爾伯特的身影再度出現了，他的臉上露出一絲別有深意的微笑。

沉默片刻，少女陰惻惻地開口了：「愚蠢的人類！永遠盲目而固執地根據你們自己的想法做出判斷，最終只會扭曲事物，犯下滔天罪惡！不管過去幾千年、幾萬年，都是同樣的輪迴！」

「吃裏爬外的傢伙……你不是想要取回自己的記憶嗎？」

少女的目光越過眾人，逼向米多麗，嘲弄地說：「把這些愚蠢又礙事的傢伙都解決掉，我就實現你的心願！」

「我的……記憶？」米多麗張了張嘴，滿臉愕然。

布布路他們不知所措地對視着，這個人在說甚麼？是她偷走了米多麗的記憶嗎？

「米多麗才不會幫你做壞事，她是我們的朋友！」布布路對眼前的「夏蓮」印象壞透了，他將發愣的米多麗拉到自己身後，義正詞嚴地衝少女喊道。

「你們的朋友！哈哈！」少女彷彿聽到好笑的事情，輕蔑地冷笑道：「愚蠢的傢伙，等一會兒被她捏碎的時候，可不要哭哦！」

「喂，你還是承認自己是個冒牌貨吧！」餃子衝她喊道：「快說，你假扮夏蓮究竟有甚麼陰謀？該不會想利用時之輪做甚麼壞事吧？！」

「閉嘴！」少女不耐煩地看向米多麗，眼神陰冷恐怖地說：「克林姆林！解決他們！在外遊蕩了百餘年，連主人的話都聽不懂了嗎？」

克林姆林……主人？大家還來不及消化少女所說的話，災難就發生了——

布布路突然覺得背後一沉，整個人毫無防備地被米多麗從身後掃倒在地。

米多麗失控般地用左手死死地按着布布路的脖子，手臂驟

然膨脹開，泛出一層層褐色的疙瘩；右手高高揚起，指甲霎時間變得巨大而鋒利，對準布布路狠狠地抓下去……

克林姆林的心意

米多麗突然向布布路發起致命的突襲，她雙目赤紅，身上正發生着恐怖的異變：從雙臂開始，她全身的皮膚發出啪啪的爆裂聲，崩開的裂口中湧出一團團有如蟾蜍般粗糙的疙瘩，體形也隨之急速暴增。

「嗷嗷嗷──」米多麗發出一陣痛苦難聽的咆哮，那聲音絕不是人類的聲音。

「米多麗？」布布路難以置信地看着米多麗在眼前急速異變，體形暴增至原來的十餘倍大。

「米多麗，你怎麼了？」眼看米多麗的利爪就要刺穿布布路，賽琳娜支起身體，用力呼喚着米多麗的名字。

米多麗的動作一頓，鬆了鬆爪子。

但另一邊，少女生氣的咒罵聲又響了起來：「克林姆林，不要惹我生氣！解決掉他們，聽到沒有？」

米多麗的眼睛變得空洞無神，彷彿中了甚麼魔咒一般，將布布路拎到半空中，再度將利爪對準了他。

說時遲那時快，帝奇側身一腳踢向米多麗佈滿疙瘩的膝蓋，而餃子甩出辮子，拉住米多麗異化膨脹的巨手，四不像一下子躥到克林姆林的脖子上，齜着牙咬了下去，吃痛之下，米

多麗那尖利的巨爪危險地停在布布路面前，再進一分就會捏碎布布路的腦袋。

　　布布路毫不畏懼地望着心智大變的米多麗：「米多麗，你之前說過，賽琳娜、餃子、帝奇和我是重要的同伴，其實你也是我們重要的同伴！我們被阿爾伯特攻擊時，你為了我們哭；我被鎖鏈緊縛的時候，是你跳過來救我！我真的很感動……所以米多麗，千萬不要輸給這種控制人心的邪術啊！快點清醒過來吧，我勇敢的朋友！」

　　「邪術？哈哈！」少女樂不可支，不屑地指向米多麗，「看看她的手、她的身體，你還認為她是人類嗎？」

　　米多麗渾身就像充了水一樣，鼓脹着無數醜陋的褐色疙瘩，整張臉急劇扭曲，腫脹得連五官都看不清了……

「它是我的怪物克林姆林，超能系 A 級怪物，現在這副醜陋的樣子才是它原本的樣子。雖然它很愚蠢，但非常聽話，我叫它幹甚麼就幹甚麼！但是那個女人……」說到這裏，夏蓮身體散發出來的暴虐之氣更加重了，帶着濃濃的仇恨咬牙切齒地說：「她背叛了我的信任！將我鎖在這麼冰冷的地方，長久不得解脫！也是她擅自放走了我的怪物！」

恢復原貌的克林姆林確實外貌猙獰恐怖，但布布路卻一點都不嫌棄它，因為他知道克林姆林的內心很善良，他不斷呼喊它的人類名字：「米多麗！克林姆林！快醒醒！！」

夏蓮深吸一口氣，並沒有理會布布路在一旁的喊叫，得意地說：「不要白費脣舌了，主人與怪物之間的羈絆是無法被時間和空間阻隔的！不管相隔多遠，不管它們狀態怎樣，只要它們還一息尚存，它們都會拚命地營救自己的主人。克林姆林也不例外，終究都只是奴僕！」

友情之力

米多麗的真實身份竟然是夏蓮的怪物 —— 克林姆林！布布路四人難以置信地對視着，但事實擺在眼前，容不得他們不信。

布布路被夏蓮的極端言辭激怒了，他大聲反駁道：「我從小聽爺爺講十影王之一焰角・羅倫的故事長大，只要焰角・羅倫和他的怪物炎龍在一起就能打倒一切邪惡，因為他們是

最好最信任彼此的同伴。我一直幻想將來自己有了怪物，一定要像焰角・羅倫和炎龍一樣，在戰鬥中有默契地配合，相互扶持，生死與共！怪物是人類的同伴，絕不是被你隨意操控的工具，更加不是你口中的奴僕！你根本就不配當克林姆林的主人！」

賽琳娜三人和九十九對布布路的話深表贊同，紛紛對克林姆林喊話——

「克林姆林，不要輸！」

「克林姆林，加油！」

「克林姆林，我們相信你！」

克林姆林眼中啪嗒啪嗒掉出大顆大顆的眼淚，落在布布路臉上，它聲音嘶啞地喃喃自語着：「第一個朋友……布布路……」

「克林姆林，聽話，把這些礙事的傢伙解決掉！」夏蓮高昂着頭，頤指氣使地命令。

克林姆林無法違抗夏蓮的命令，它的內心極度痛苦地煎熬與掙扎着，渾身顫抖着將它鋒利的爪子高高舉過頭頂，眼窩中的淚水不停滑落！

「嗷——嗷——嗷——」

克林姆林無意識地咆哮着，它渾身顫抖着，拚命與自己無法抗拒的意志鬥爭……

唰！突然，它高舉過頭頂的利爪帶着呼嘯的風聲閃電一般落下。

一切都發生在電光石火之間！誰也來不及阻止克林姆林的利爪……

大家圓睜的眼睛中只看到鮮血如噴泉一般，噴湧而出！

噴湧而出的鮮血並不是布布路的，而是來自克林姆林自己！克林姆林竟然將鋒利如刀刃的利爪深深地刺進了自己的胸口！

飛濺的血液滴落在布布路臉上，他感覺血液是那麼的溫暖……

克林姆林搖晃了兩下，嘴角微笑，然後撲通一聲重重地倒在了地上。

「布布路……我喜歡米多麗這個名字……」

新世界冒險奇談
第十八站 STEP.18
被觸動的記憶之弦
MONSTER MASTER 10

另一個夏蓮

　　克林姆林不能違抗主人的命令，但它也不想傷害它唯一的朋友。因此，克林姆林選擇了犧牲自己，它痛苦地倒在地上，鮮血汨汨地噴湧而出。

　　「克林姆林！」布布路四人又感動又着急地圍上去，痛哭失聲。

　　「沒用的東西，」夏蓮冷冷地瞥了一眼倒在地上的克林姆林，「我不需要忤逆主人意願的怪物！沒有了你，我可以尋找其

他更強更合我意的奴僕。」

　　怎麼會有這樣的主人？幾人被夏蓮的話徹底激怒了。

　　「你⋯⋯絕不能原諒！管你是不是十影王夏蓮，我今天都要為了朋友揍飛你！」布布路發出一聲震天的怒吼，掄起拳頭，如疾風一般衝向夏蓮。

　　夏蓮不躲也不閃，並且絲毫不掩飾對布布路的蔑視，竟然狂笑起來。

　　「哈哈哈⋯⋯哈哈哈⋯⋯」

　　可是還不到一秒鐘，夏蓮突然臉色大變，她的笑聲轉成哀號，雙手抱頭痛苦地呻吟起來。

　　布布路卻沒有因為眼前戲劇性的變化而停手，眼看布布路揮出的憤怒之拳就要擊中夏蓮，旁觀多時的阿爾伯特突然從側面橫插進來，他只用了一根手指頭，就讓布布路揮出的憤怒之

拳在距離夏蓮的鼻尖不到一寸的地方穩穩地停住了。

「你不能弄傷她！」阿爾伯特手指一曲，快速伸到布布路額頭前面，就這麼輕輕一彈，布布路整個人像箭一般筆直飛了出去。

撲通！布布路狼狽地落地，四周破碎的冰粒四濺，他雙手不停地擦着發紅的額頭，疼得眼淚直往外飆。

而夏蓮的模樣看起來十分古怪，滿頭大汗地蜷縮在原地，全身不停地顫抖。

阿爾伯特悄然走到她面前，她終於抬起頭來，眼中的戾氣盡褪，就好像換了一個人似的用一種柔善的聲音說：「赤色賢者阿爾伯特，請用你那慈悲的力量治療可憐的克林姆林吧。」此時此刻，夏蓮的神色端莊持重，含威不露。

阿爾伯特若有所思地盯着夏蓮看了一會兒，露出一切都在預料之中的表情，哈哈大笑起來：「好！既然是夏蓮的請求，當然要答應！」

他對禦刃揮揮手，禦刃便對準克林姆林張開自己肩部的大嘴，一道奇異的紅光從克林姆林身上綻出，一下子被吸入了禦刃肩部的嘴中，隨後克林姆林胸口的傷痕癒合，睜開了雙眼。

夏蓮緩緩靠近克林姆林，布布路急吼道：「你要做甚麼？不許傷害克林姆林！」

夏蓮善意地對布布路笑了笑，上前扶起克林姆林，慈愛地對它感歎：「看到現在的你開始有了屬於自己的意志，也有了可以信任的朋友，我深感自己當年的決定沒有錯！」

布布路吃驚地看着面前的夏蓮，不可思議地自言自語道：「夏蓮……怎麼突然之間像是變了個人？」

餃子二人也答不上來，只是警惕地盯着這個夏蓮。

九十九則以觀察者的視角留意着夏蓮的一舉一動，疑惑地說：「你是真的夏蓮嗎？為甚麼你剛剛會像一隻惡魔？」

「這是一個守護者家族長久以來一直在用生命捍衞的祕密……」夏蓮長歎了一口氣。

「但是今天，這一切已經不再重要了。在歷史面前人類沒有祕密……接下來各位將會駕馭歷史的滾滾洪流還是如一葉孤舟在洶湧的歷史波濤中隨波逐流……這一切都不重要，因為你們已經成為歷史的一部分……但命運既然將大家聚集於此，共同站在命運與歷史的交匯處，我想你們有權知道和這段

歷史有關的一切祕密……」

接着，夏蓮向眾人娓娓道來被隱藏了多年的真相……

命運的枷鎖

當年夏蓮還在母親體內的時候，就注定了她的不凡，族中所有占卜師、術士、方士都非常明確地感覺到有兩股生命在母親腹中糾纏。甚至，母親自己也能清晰地感覺到兩個小生命的存在。

母親確信在不久的將來，家族會迎來雙生子的降臨，所有人都沉浸於即將到來的喜悅之中。

可是在臨盆那天，卻只生下了一個嗷嗷待哺的嬰孩。就在母親以及所有族人都感到萬分疑惑之時，族中最有名望的長老說出了他的推測：這應該是一個同時擁有兩個意識的軀體……

長老將最初覺醒，並學會控制身體意識的，當成姐姐，稱之為「白蓮」，她主控這個身體。而妹妹大部分時間都處於意識沉睡的狀態，只有偶爾清醒短短的時間，她艱難地學習着對這個軀體的控制，族人稱之為「紅蓮」。對於外界，她們有一個共同的名字——夏蓮。

漸漸地，妹妹紅蓮不滿足只能在有限的時間裏佔據這個身體，她也想要無拘無束地自由行動，去做自己喜歡做的事情，擁有自己的人生。姐姐白蓮非常能夠理解妹妹的嚮往，並

且也不願意看妹妹落寞孤獨的樣子，所以，姐姐白蓮決定與妹妹紅蓮完全平分對這個軀體的控制時間。

然而，短暫的童年生活才剛剛開始的時候，夏蓮卻開始了真理守護者的工作。當她打開時之輪的那一刻，便繼承了守護者一族的怪物——鎖鏈魔神。說是怪物，其實它是時之輪轉動的鏈條，跟時之輪原本就是一體的。守護者家族中每一代只有一個特別的孩子能跟它簽訂心靈契約，這個孩子身上某個部位會出現一朵紫色的重瓣之花的印記。

作為新一代的真理守護者，夏蓮通過鎖鏈魔神讀取時之輪中儲存的海量歷史，順理成章地成為一位通曉天地、如同神明一般的人物。

於是在夏蓮八歲那年，她便進入了怪物大師管理協會的總部，給當時的會長提供各種建議。夏蓮所掌握的豐富知識，以及對問題縝密的分析能力，讓怪物大師協會中數個智囊團自慚形穢。

很快，夏蓮就因為無所不知的淵博知識而被世人奉為十影王，成為有史以來最年輕的十影王。只有當時的會長、守護者一族的長老和他們的親生父母才知道夏蓮體內白蓮與紅蓮的祕密。

怪物大師協會會長意識到周圍有太多的人想要利用她的能力，也有太多的人因為嫉妒想要毀掉她。他明白除了智慧，她們還需要能夠保護自己的力量，而不能離開時之輪的鎖鏈魔神並不能提供周全的保護，於是，會長給了她們一顆怪物果

實，悄悄教授她們召喚自己的怪物……

　　這是一顆極其特別的怪物果實，它生長於混沌之樹的樹冠頂端，聚集着天地精華，堪稱最高級別的怪物果實。這種特別的果實孵出來的怪物通常具有極強的靈力，上一顆這樣的怪物果實孵出來的怪物是傳說中跟十字基地同歲、有上千年歷史的魔靈獸。（詳情見《怪物大師》第一部）

　　不同於魔靈獸特別的預知靈力，克林姆林具有的是一種心靈念想的力量，它能根據心中的「念」自由變化形態，更屬害的是，它還能將「念」施加在對手身上，讓對方回到十二個小時以前的狀態……

　　克林姆林奇異的力量對她們來說是一種絕佳的掩護。比方說，當它把「念」施加在某個跟她們正在對戰的人身上時，

這個人很可能就會忘了自己為何身在此處……即使對方早有預謀，也很難迅速調整十二個小時的時間差。

擁有同一個身體的白蓮與紅蓮共同成為鎖鏈魔神和克林姆林兩隻怪物的主人，除了會長外沒有人知道她們擁有怪物的事情，也沒有人知道她們的怪物屬性和技能，這是她們保護自己最後的王牌。

怪物大師協會看似給予了最周全的考慮與保護，但是所有人還是忽略了一個最可怕的因素——命運！誰都無法改變的命運！

夏蓮並不像之前的真理守護者，因龐大的記憶而產生知覺紊亂，其實是有原因的。因為真正能讀取時之輪海量歷史資訊的其實是紅蓮。

物極必反，當人類乃至藍星的歷史赤裸裸地呈現眼前時，這些知識與智慧時常讓紅蓮感覺到無比困惑，甚至感到憎恨。她開始懷疑無論做甚麼都只是歷史輪迴的一部分，懷疑用時之輪的知識為人類服務是否是一種正確的選擇……而姐姐白蓮總是能很好地疏導妹妹的困惑。她們維繫着微妙的平衡。但所有人都沒有想到，這看似擺脫命運枷鎖的平靜與和諧，其實是在刀鋒地獄之上走鋼絲，是白蓮和紅蓮之間保持着的這種微妙的平衡所產生的假像。

命運就像一隻潛伏於黑暗之中的飢渴的野獸，只要人們稍稍放鬆警惕，它就會從黑暗中一躍而出，殺死所有的人！

終於，這種微妙的平衡在夏蓮二十歲那年被打破了。妹

妹紅蓮不再將心中的困惑和憎恨向姐姐白蓮表露，開始偏執地看待這個世界的一切。

她開始怨恨周圍的人將她們當成工具一樣來使用，認為人類世界的秩序醜陋且混亂不堪。後來她竟然更瘋狂地認為秩序本身就是錯誤，只有混沌才代表永恆。她要毀掉目力所及範圍內所有的秩序體，重新構建這個世界的秩序，建立一個以混沌代替秩序的世界！

而此時的紅蓮已經陷入瘋狂，她一心追求毀滅這個世界的辦法，拒絕再和任何人溝通，甚至開始憎恨姐姐！

姐姐敏銳地察覺到妹妹的變化，她意識到妹妹已經和其他真理守護者一樣，精神最終陷入瘋狂和絕望。再這樣下去，她的存在會給這個世界帶來可怕的影響。同時她也無比自責，覺得這一切和自己沒有好好照顧妹妹有直接的關係。

隨後，姐姐將能夠開啟時之輪的時之鍵交給尼科爾院長，自己用盡全力壓制着妹妹的意識一起來到時之塚，命令鎖鏈魔神將自己封印起來，一同冰封在時之輪中。

她知道，在時間混亂的時之塚中，自己不會死去，只會永遠地沉睡，這樣一來，守護者一族也不會出現新的犧牲者……這便是白蓮最後想到的終結一切的方法。

對於克林姆林，白蓮希望它能獲得自由，因此她利用時之鍵抹去了克林姆林的記憶，希望它對這個世界的生存方式產生不一樣的想法，為了自己活下去。

　　沒想到，十影王夏蓮背後竟然隱藏着這樣令人震驚的祕密。聽完她的故事，布布路幾人和九十九都愣住了，四下一片靜謐，只有冷風呼嘯而過的聲音。

　　「嗚嗚……」克林姆林眼眶中溢滿淚水，它想起來了，這兩百年來在藍星上流浪的記憶在這一瞬間全都回來了——

　　「我失去了關於主人夏蓮的記憶後，最初開心且自由自在地生活着，但隨着時間的流逝，我潛意識中開始思念主人夏蓮。漸漸地，這種念想愈來愈強大，終於，這種尋找主人的強大的『念』讓我在不知不覺中變化成了主人的模樣。我拚命試圖記起過去，因此，下意識地將施加在別人身上的逆轉時間的『念』施加到了自己身上，但因為我只能倒退十二小時的記憶，因此這個『念』不斷重複，我變成了一個沒有記憶的人，每天早上醒來我都會回到十二個小時之前的狀態……

　　「後來怪物大師的暗部組織注意到了我，有人傳言我跟兩百年前失蹤的十影王夏蓮長得一模一樣，但是那畢竟是很久以前的事，誰也無從證實，因此他們將我囚禁了起來……直到有一天我身後的那面牆倒塌……我想起來了，當時我看見了一個人……」

　　克林姆林說着看了看夏蓮身邊的阿爾伯特：「是他！就是他闖入暗部，放出了我！」

怪物大師職業選定指南

Q09

你和一個怪物成了好朋友，但它的主人卻突然要求怪物殺死你，在這樣的危機下，你會怎麼做？

A. 相信友誼，相信怪物不會傷害你。

B. 先揍扁那個主人。

C. 理智地詢問對方理由，為甚麼要讓怪物做那麼殘忍的事情。

D. 立刻遠離那隻怪物。

E. 不知所措地哇哇大叫。

■即時話題■

餃子：米多麗，不，應該叫克林姆林，你通過「念」就可以變身，那你可以變成目前藍星有史以來最受歡迎的女明星瑪麗‧愛蓮娜嗎？

賣琳娜：我記得瑪麗‧愛蓮娜三十三歲就死了，你讓克林姆林變成她幹嗎？

餃子：這你就不懂了，瑪麗‧愛蓮娜的照片何其珍貴，普通的單張就被炒到一萬盧克一張，如果是從未問世的絕密之作……嘿嘿，那可就發大財了！

帝奇：我覺得你在發財之前需要先過克林姆林的主人那關，夏蓮已經在那邊盯着你看了。

餃子：啊哈哈，剛剛我是開玩笑！夏蓮大人，你千萬不要當真啊！

完成這個測試後，你可以鑒定自己適合成為甚麼類型的怪物大師。

記下你的選擇，測試結果就在第十部的 204，205 頁，不要錯過哦！

完成這個測試後，你可以鑒定自己適合成為甚麼類型的怪物大師。記下你的選擇，測試結果就在第十部的 204，205 頁，不要錯過哦！

MONSTER MASTER

這是成為怪物大師的必經之路！！！

尊敬的讀者：現在你跟隨布布路一起踏上了成為怪物大師的道路！向所有的困難發起挑戰吧！

VS.

新世界冒險奇談

第十九站 STEP.19

十影王之戰

MONSTER MASTER 10

■事件始末

　　誰也沒想到，從暗部放出克林姆林的竟然是阿爾伯特，餃子面具後的狐狸眼轉動着，嗅到了某種陰謀的味道……

　　「既然話說到這裏了，我多告訴你們一點也無妨！」阿爾伯特滿不在乎地攤了攤手，說道：「十影王之一夏蓮可是活着的祕寶啊，相信你們不會天真地以為沒人知道她的樣子吧？當這隻傻怪物變成主人的樣子的時候，就有幾方勢力開始跟蹤調查它，狡猾的怪物大師暗部搶在其他人動手之前，抓走了它。雖

然我只看了一眼便知道它根本不是夏蓮，但這隻怪物必然跟夏蓮有甚麼聯繫，我怎麼能放過這樣的線索呢？所以我想辦法將它放了出來，果然，它很快便帶我到摩爾本十字基地找到了時之鍵。這世界上知道時之鍵如何使用的人寥寥無幾，不巧我便是其中之一。我跟尼科爾大打出手，便利用時之鍵順手拿走了他的記憶，誰知道你們這幾個不要命的小鬼竟然跟了上來⋯⋯後來的事你們就知道了。」

「可是為甚麼時之鍵讓院長失去了幾乎整個人生的記憶，我們卻只失去了半年的記憶呢？」帝奇提出一個其他人都忽略的疑惑。

「那是根據時之鍵停留在傷口上的時間決定的⋯⋯」阿爾伯特輕描淡寫地說，彷彿大家珍貴的記憶根本不值一提。

可惡⋯⋯大家全都憤恨地盯着他。

「主人，請把記憶還給他們吧！」克林姆林眼眶濕潤地請求夏蓮。

「沒想到我留給尼科爾的時之鍵給他還有各位帶來了這麼多麻煩⋯⋯」夏蓮愧疚地看着布布路一行，沉重地說：「我也不知道為甚麼我會將時之鍵留給尼科爾，也許那是我心中僅存的一線希望之光⋯⋯我將希望寄託給了漫長的時間，我希望時間能撫平紅蓮所受的傷害，讓她在歲月的長河中慢慢理解這些巨量的知識，不再有困惑和憎恨。現在看來我錯了，我只能再次做出和兩百年前同樣的選擇⋯⋯不同的是，不會再有時之鍵留在世界上了，這一次，沒人能再打開時之輪了⋯⋯」

夏蓮轉頭看向嵌在時之輪上的時之鍵，上面反射着讓人着迷的異樣光芒。

「不用擔心，你們所有人的記憶，都只是暫時被封存在時之鍵中。在我將自己重新冰封起來之前，我會釋放所有被時之鍵吸收的記憶，被它吸收的記憶都會回到原來主人身上。」夏蓮邊說邊向時之輪走去。

得知能夠恢復記憶，布布路他們大大地鬆了口氣，同時，他們又為夏蓮將陷入永恆的長眠而感到無比難過。

「守護者的命運太可悲了，妹妹陷入瘋狂和絕望，姐姐也要陪葬一生⋯⋯」賽琳娜遺憾地搖着頭。

一道赤影轉眼閃到夏蓮身前，擋住了夏蓮的去路。

阿爾伯特口氣冰冷地說：「我把你從時之輪中喚醒，可不是為了聽你訴說你們姐妹情深的故事。紅蓮說得沒錯，現在的人類秩序存在着許多根本的錯誤，博古通今的你一定是最有體會的！所以，跟我走吧，跟我一起去地獄皇后島，以我們的才智一定能改變這個世界。」

夏蓮不為所動地直視着阿爾伯特：「你自甘墮落為食尾蛇服務，已經不是當年那位萬人尊敬的『赤色賢者』了，我不會跟你走的！」夏蓮義正詞嚴地拒絕了。

夏蓮的終極一擊

「沒關係，反正也不需要你同意，我本來就志在必得。」

阿爾伯特冷冷一笑，令人不寒而慄。

見識過阿爾伯特強大破壞力的布布路等人全都緊張地吞了吞口水。

九十九撐着一口氣，視死如歸地攔在阿爾伯特面前：「就算死，我也不會讓你帶走夏蓮！」

「就憑你？」阿爾伯特冷冷地掃了他一眼，「簡直就是自尋死路！」

布布路和餃子、帝奇也都聚集過來，排成人牆，緊緊地站在九十九身邊，與阿爾伯特陷入了對峙。

「都讓開吧，你們不要做無謂的犧牲。」夏蓮深吸了一口氣，慎重地說道：「我絕對不會把重要的歷史資訊交給任何心存歹意的人！」

阿爾伯特不以為然地冷笑道：「如何讓你開口我有數百種方法，但是我覺得那些方法使用在十影王之一的你身上，顯得太不體面了。你們知道我為甚麼最近數百年都一直銷聲匿跡嗎？因為我一直在苦苦研究一種終極煉金術！它可以將被施術者的靈魂與肉體分離，再將靈魂封裝在再造的新軀體之中。這可是煉金術中最偉大的里程碑！」說到這裏，阿爾伯特原本顯得有些邪惡扭曲的臉上居然流露出一絲讓人不易察覺的溫柔。

「雖然它還存在着不少缺陷，會對被施術者造成一些無法預料的後果……但是對於你那原本就陷入瘋狂與絕望的妹妹紅蓮又有甚麼差別呢？！她未來只要成為一本可供我們隨時查閱的活的百科全書便可以了！」說完阿爾伯特眼神中充滿了邪

惡的期待，直勾勾地看着夏蓮。

　　所有人此時都明白阿爾伯特的計劃是甚麼了，不由得都倒抽了一口涼氣。

　　「不！我不會讓你得逞的！」夏蓮突然憤怒地咆哮起來。

　　夏蓮突然的爆發連阿爾伯特都始料未及，她反手死死地按住阿爾伯特的手腕，指甲深深嵌了進去，這瞬間爆發的力量竟然讓阿爾伯特一時間難以甩開她。夏蓮用不容置疑的口氣急

聲命令道：「鎖鏈魔神！萬鎖魔盒，封印禦刃！」

咔嗒咔嗒⋯⋯感受到主人巨大的精神力，鎖鏈魔神沒有絲毫遲疑地爆發出可怕的實力。無數鎖鏈如同漫無邊際的黑夜一般朝四面八方鋪展開來，風馳電掣地從各個方向同時向禦刃展開襲擊。

禦刃幾乎在同一時間展開防禦，迅速地四處遊走，但四面八方湧向禦刃的鎖鏈無窮無盡，禦刃被困住了，鎖鏈魔神抓住機會將禦刃捲到半空中。鎖鏈層層疊疊地纏繞捆綁，交織成一個漆黑的盒子，將禦刃關在裏面。

也許鎖鏈魔神只能困住禦刃數秒，也許夏蓮使盡全身力氣也只能牽制阿爾伯特數秒⋯⋯但這可是十影王之間的戰鬥，每一秒都是致命的關鍵！

「狙擊鎖箭，穿透！」夏蓮厲聲叫道，數根帶箭頭的鎖鏈隨着話音如閃電一般從時之輪飛出。

阿爾伯特雙目圓睜，繃緊了雙臂試圖掙脫夏蓮的控制，卻被夏蓮牢牢制住，動彈不得。

鎖鏈徑直貫穿了阿爾伯特和夏蓮的胸口。顫抖的鎖鏈上，藍與紅的血混在一起流下來。

一切都發生在眨眼之間，這場千年不遇的十影王之戰開始和結束都異常之快……

布布路他們都不忍地看着這一幕，夏蓮她這是在自殺，分別代表不同時代的兩個十影王最後的人生結局竟然是同歸於盡……

回歸的記憶

「不要啊！難道不能有其他更好的方法來解決問題嗎？」布布路悲憤地哭喊着。

鎖鏈魔神周身的鎖鏈劇烈地抖動着，發出淒楚的金屬悲鳴，彷彿在為主人的抉擇而哭泣。

夏蓮跪倒在冰山上，已經無力再邁出半步，她屏住最後一口氣息對克林姆林說：「把時之鍵給我……」

克林姆林不敢遲疑，將時之鍵交到夏蓮手中，時之鍵泛起妖冶的紅光，如同一朵盛放的美麗的重瓣花朵。夏蓮高舉起它，點點紅色閃光從碎片中冒出來，像蒲公英一樣四散開來，一些向布布路他們飄來，鑽進了他們的身體中，一些則是飛向了遠方，應該是回到了尼科爾院長體內。

一幅幅生動的畫面如走馬燈一樣在布布路的腦海裏迅速劃過，布布路不由自主地閉上眼：

「餃子?好奇怪的名字啊!」前往北之黎的龍蜓上,他最先認識了餃子。

「原來你叫帝奇啊!我可以和你交個朋友嗎?對了,我還可以給你介紹另外兩個朋友……」在招生會上,他認識了騎着巴巴里金獅拉風登場的帝奇。

「萬歲!我們終於通過考試了!」在最後關頭,被指認為惡魔之子的他依然得到了三個同伴的信任和支持,最後他們一起通過了試煉之門,成為摩爾本十字基地的預備生。

然後……在一片猩紅色的森林裏……他認識了蟲族女王……莉莉絲……

布布路猛地睜開眼,他全部都想起來了!

他和賽琳娜、帝奇、餃子三人對視一眼,一種熟悉而溫暖的力量湧上心頭,能認識大家真是太好了……

「你們的記憶……恢復了吧……」夏蓮無力地趴在地上,克林姆林緊緊地握住她的一隻手,眼淚啪嗒啪嗒地滾出眼眶。

另一邊,躺倒在地的阿爾伯特睜着一雙眼睛空洞地望着天空。布布路走過去,對他低聲道:「莉莉絲一直在猩紅森林裏期待着你再次出現……期待着你能將她再度變回一個正常的人……」

說到這裏,布布路的淚水慢慢湧出,他好像突然明白了甚麼,喃喃自語般問道:「難道你這一千多年來一直在研究的能將被施術者的靈魂與肉體分離,再將靈魂封裝在再造的新軀

體之中的終極煉金術，是為了拯救莉莉絲？！」

　　阿爾伯特氣息微弱，但他的嘴脣微微上翹，那是一種在慈父臉上才能看到的笑容。

　　很快，他的氣息消失了，布布路擦掉了自己臉上的淚水，難過地伸出手，合上了他的眼睛。

　　一切都結束了嗎……

起死回生！阿爾伯特的反擊

　　這場驚天動地的十影王之戰以眾人絕對沒想到的方式開始和結束了……

　　誰也沒有注意到，儘管禦刃被鎖鏈魔神鎖在萬鎖魔盒裏，

但是阿爾伯特身上的傷口卻在自動恢復，四處流淌的藍血正緩緩回流進他的體內。

轟隆！眾人背後突然傳來一聲巨響。

還沒等他們反應過來，一團黑乎乎的渦流已經鋪天蓋地地向眾人襲來，把他們捲到了半空中。

「難道⋯⋯」九十九倒抽一口涼氣。

融合着氣、土、火、水四大元素的暴風將毫無準備的所有人拋出數十米遠。

透過疾速旋轉的風暴空隙，眾人看到了一個高大的人影，阿爾伯特完好無損地站在原地，剛剛臉上慈父的笑容早已不見蹤影，換成了一副冷酷、輕蔑、嘲諷的表情。

「為甚麼會這樣？他明明受了那麼多致命重創，而且他的

怪物禦刃也被關起來了呀！」布布路簡直不敢相信自己的眼睛。

「小鬼們，你們對於怪物的掌握和瞭解根本就還沒入門！我能夠不被時間長河吞噬，在千年的歲月中存活下來並不是沒有原因的！」阿爾伯特嘲諷他們的孤陋寡聞，「因為我早已與自己的怪物禦刃合為一體了！我隨時可以從體內釋放出禦刃，它不再是怪物，而是我身體的一部分！我也能自由使用禦刃所有的能力！要治癒自己的這點小傷口實在是一件再簡單不過的事了！」

布布路吃驚不已：「騙人，怪物大師和怪物不是靠着簽訂心靈契約來彼此合作嗎？」

阿爾伯特不屑地說：「那只是對於你們這些剛剛入門的怪物大師而言！你們對於怪物的認識和理解如此粗淺，我都替你們的怪物感到悲哀！早在數百年前，人們就發現了和怪物融合為一體的方法，可是那些自稱正義之士的怪物大師老古董們卻始終不願意認可這種方式，並且還明令禁止這種與怪物融合為一體的做法。」

九十九嚴肅地駁斥道：「阿爾伯特，不管你的能力有多強，你都只是一隻怪物，不再是人類了！」

「那又怎麼樣！」阿爾伯特目光飄向遠方，喃喃道：「醜陋不代表萬惡，美好不代表幸福。當有更加重要的事情擺在你面前時，人類的尊嚴又算得了甚麼？！」

說着，阿爾伯特將手覆上夏蓮的胸口，一道紅色的光芒從他的掌心溢出，流進了夏蓮體內，夏蓮被捅穿的胸口開始疾速癒合……

冰封的時之輪

MONSTER MASTER 10

新世界冒險奇談

第二十站 STEP.20

倒退的時間

MONSTER MASTER 10

頂尖煉金術

　　會發生甚麼呢？布布路他們全都緊張地屏住了呼吸。

　　夏蓮緩緩坐起身來，睜開了雙眼，她看起來虛弱極了，但眼神中卻陰霾密佈，讓眾人的心沉入了谷底。

　　「看來是姐姐白蓮的意識暫時消失了，現在是妹妹紅蓮在控制身體！」帝奇憂心地說。

　　「夏蓮，多虧你剛才的捨命一擊讓我獲得了足夠的原材料。」阿爾伯特貪婪地舔了舔嘴脣，從衣服裏拿出一塊太陽般

璀璨的紅色石頭。

「它原本是半透明的，現在它已經盈滿了你的血液，我就把它送給紅蓮做禮物吧。」阿爾伯特瘋狂地大笑起來，「哈哈哈哈，你們馬上就無須再姐妹共用這副軀體了！我已經為你準備了一具嶄新的身體！你們將分離，再獲得重生！」

「我的天！那是賢者之石！傳說中最頂尖的靈石！」九十九難以置信地驚呼。布布路幾人也全都瞪大了眼睛。

阿爾伯特口中快速吟唱着未知的咒語，右手抓着夏蓮的手腕，左手用賢者之石在空中畫着詭異的圖形，所到之處竟然有某種閃閃發光的物質在聚集！不消片刻，這些物質竟然聚集成一副完整的骨架！

「不……不可能……這怎麼可能……」賽琳娜難以抑制地

瑟瑟發抖，她曾聽說這是一種所有煉金師渴望而不可得的頂尖祕術，而且她曾認為這是絕不可能做到的事情，沒想到今天竟然親眼見證。

這時，天空再次出現了詭異的景象。盤旋的烏雲黑壓壓地匯聚而來，以阿爾伯特為中心形成了一團巨大的螺旋狀雲層。雲層中不斷催生出密集的閃電。

大家再轉頭看向那副骨架，上面已經開始佈滿肌肉與血管了，面部的輪廓也逐漸呈現。

那是一具與他右手拉住的夏蓮一模一樣的軀體！

密集的閃電晃得大家都睜不開眼睛。轟！隨着最後一聲雷鳴，一切歸於平靜……

等所有人再次睜開眼睛的時候，儀式已經全部完成……

紅蓮的靈魂已經被完整地從原本的身體中分離出來，她伸出雙手饒有興致地打量着自己這副全新的軀體。

「如何？滿意這份禮物嗎？跟我走吧，我來實現你的理想……」阿爾伯特笑着對紅蓮伸出手。

而另一邊的白蓮，癱跪在地上虛弱地喘着粗氣：「不要，妹妹……紅蓮不要相信他……」

餃子連連搖頭，心急道：「糟糕！如果紅蓮和阿爾伯特聯手，我們大家就都沒活路了！」

「哈哈哈哈！」紅蓮一邊欣賞着自己的新身體，一邊高興地狂笑不止，「不管怎麼樣，謝謝你把我從那副身體裏分離出來，我早就受不了她沒日沒夜的嘮叨，還有那些喋喋不休的大

道理了!」

「你如果不想再看到她,我可以讓她永遠消失。只要你肯加入食尾蛇組織,你將獲得真正的自由和無上的財富以及權力,甚至我們可以一同創造一個嶄新的世界!」阿爾伯特繼續遊說紅蓮。

紅蓮抬頭直視阿爾伯特,突然,她露出一個有些扭曲的笑容,說道:「阿爾伯特先生,我想你可能有甚麼地方搞錯了。對我而言,怪物大師協會也好,食尾蛇組織也罷,根本沒甚麼區別,同樣都是被人利用!」說到這裏,紅蓮的眼神變得兇狠無比,繼續道:「白蓮她是我的姐姐,儘管我討厭她的嘮叨和大道理,但也輪不到其他人來干涉我們之間的事情!」

紅蓮的話讓阿爾伯特的臉色陰沉得像被人潑了墨,威脅道:「哼!既然你不想被奉為座上賓,就只能做階下囚!你就乖乖地等着被我做成活的百科全書吧!」

「儘管試試!」紅蓮冷笑。

「不行!紅蓮絕不是阿爾伯特的對手!克林姆林快去保護紅蓮!」白蓮話音未落,克林姆林已經奮不顧身地衝到了紅蓮身邊。但想對阿爾伯特這樣的頂尖高手使出倒退時間的「念」能力,首先要近距離靠近他,顯然這並不是件容易的事。

「快想想辦法!我們必須幫助紅蓮和克林姆林!」布布路急切地衝着同伴喊道。

帝奇召喚出巴巴里金獅,餃子召喚出藤條妖妖,記憶回來後,大家和怪物的心靈連接也恢復了,怪物們一掃陰霾,看起

來威風凜凜。

時間的裂縫

　　正在眾人對峙之時，時之塚剩下的半座冰山開始劇烈地震動起來，伴隨哧嚓哧嚓的響聲，萬年冰壁出現了巨大的裂縫。

　　從裂開的冰縫中向上射出詭異的七彩光芒，地面上原本散落四處的冰晶與碎石也如同沒有了重力一般，慢慢懸浮於半空之中。

　　整個山體居然如同果凍一般扭曲，開始上下起伏，而凍在冰層中未死的遠古巨型海獸一個接一個破冰而出，尖利的鋸齒和巨大的身影直看得人心驚膽戰。

　　「你做了甚麼？」阿爾伯特避開一隻體形巨大的毒刺海鯊，皺着眉頭質問紅蓮。

　　「我甚麼都沒做，」紅蓮淡然地回答道，「這座冰山之所以叫作時之塚，是因為這裏的時間和空間獨具一格，並且蘊含巨大的時空能量！在這裏，時間彷彿被殺死了一般，變得十分緩慢。同時這裏的空間平衡感非常脆弱，而你在這裏大戰不停，又焚毀了半座冰山，已經破壞了時之塚的平衡！

　　「原本偶爾溢散的七色光在冰山的擠壓下形成白色的光柱，造成了『極光』現象，而現在岌岌可危的冰山已經無法壓制這種力量了……雖然這種時間的力量本身不具備甚麼實質的破壞能力，但是它的紊亂會造成時空的撕裂，不管是誰，一旦

陷入無規律的時間和空間的裂縫中，結局都難以預料……或
許陷入其中的人，只需要花上一秒就能從中走出來，又或許需
要一百年，甚至一萬年，但不管多久，對於陷入其中的人而言
這就是時間的盡頭，這個人將被永遠困在時間的迷宮中……

「是你的狂妄自大將這種毀滅性的力量釋放出來的，你就
等着被它吞噬毀滅吧！不管你是十影王還是任何人都無法逃出
這場劫難！」

紅蓮的話音剛落，冰山裂縫迅速蔓延，遠處的萬年冰壁也
開始大面積垮塌着沉入海中……四處都被這種恐怖的彩色死
亡光柱包圍了！

布布路拚命撓着腦袋，紅蓮所說的關於時之塚的那些複
雜的時空理論讓他難以消化。

「我想，或許可以這樣理解，某人掉入裂縫之後，也許只花了一秒鐘就逃出來了，但是對於這個人而言已經過了漫長的歲月，出來之時已變成垂暮之年的老人，甚至化為塵土；也可能進去的人花了一萬年才從裂縫中逃出來，但是，對於他而

言，才過了數秒鐘而已！」餃子思索着，推斷道。

「我知道了！我們只要把阿爾伯特推進時間裂縫就行了！因為不管哪種情況對於我們而言，都是有利的！」聽完餃子的話，布布路目光炯炯地得出了結論。

布布路簡單的發言讓眾人一怔。

「沒錯！」餃子和帝奇也認同地點點頭，此刻他們之中，白蓮、九十九和賽琳娜三人喪失了戰鬥力，能跟阿爾伯特對抗的只剩下紅蓮、布布路、餃子、帝奇以及他們的怪物……一根筋的布布路所說的方法可說是最直接可行的，甚至可能是他們唯一打倒阿爾伯特的機會。

「大姐頭，你和九十九留在這裏！帝奇、餃子，就讓我們這些預備生合力打倒一個十影王吧！」布布路熱血沸騰，魄力十足地拉着四不像率先衝了過去。

「藤鞭出擊！」餃子命令藤條妖妖甩開碎冰，為布布路開路。

「獅王咆哮彈！」帝奇則在他身後掩護。

用盡全力，向傳奇挑戰吧！布布路卯足力氣，舉起棺材朝阿爾伯特砸去，克林姆林對阿爾伯特施展出倒退時間的心靈念能力——

就在兩人合力出擊的瞬間，紅蓮以及阿爾伯特所站的位置因冰層的破裂而傾斜了，幾人向着致命的七色光芒滑去。

「小心！」白蓮焦急地大喊，賽琳娜他們的心也全都懸到了嗓子眼。

情況十分危急！他們腳下的裂縫就像惡魔張大的巨嘴，想要將布布路幾人一口吞進地獄……

克林姆林見狀一掌推開了紅蓮，而布布路絕沒想到，他那隻不靠譜的怪物，竟然也在那瞬間推開了他，張牙舞爪地直撲向阿爾伯特。

迷霧中的巨獸

「布魯 ——」四不像奮力撲向阿爾伯特，往那條巨大裂縫中彩色光芒最為集中的地方墜去。

時之塚轟然崩塌，包括時之輪和鎖鏈魔神在內，殘留的冰山全向着這條最大的裂縫倒塌而去。

「四不像！」布布路大聲呼喊着，眼淚難以抑制地噴湧而出。

餃子和帝奇急忙拉開了布布路，而克林姆林也將紅蓮抱起跳到相對安全的浮冰上。紅蓮心頭一緊，鎖鏈魔神與她的意識連接變得斷斷續續起來 ——

夏蓮，好好地活下去……即使不在一起了，我們也會永遠看着你們、守護着你們……

啪！意識完全阻斷，紅蓮的眼角泛出了晶瑩的淚光，但她強忍着沒有落淚。

「你們看！」賽琳娜指着裂縫，發出一聲驚呼。

劈里啪啦 —— 那條裂縫中有道危險能量在咔咔作響，那

顯然不是阿爾伯特所發出的，而是更加霸道純粹的能量！但凡被能量觸及的冰壁瞬間氣化，漫天蒸騰的水汽變成濃重的迷霧籠罩在時之塚巨大裂縫的周圍，詭異的七彩極光在濃霧中無序地四處閃耀着，流光溢彩，詭異非常……

所有人都被這異象吸引了，當大家回過神來之時，就聽到裂縫深處傳來激烈的打鬥嘶喊聲，那聲音猶如山崩地裂般震耳欲聾，一波接着一波，但奇怪的是，完全影響不到布布路他們所在的海域。

難道……是四不像和阿爾伯特在戰鬥嗎？

布布路忍住淚水，震驚地揉了揉眼睛，迷霧中一個巨大的黑影在移動，而狂猛的氣流隨着黑影在迷霧裏疾速地翻滾湧動，形成了一個好像銅牆鐵壁的氣流結界。布布路甚麼都看不清，也根本無法靠近。

啪！一個人突然從裂縫中飛了出來，半截身子露在迷霧外面。

所有人定睛一看，那竟然是阿爾伯特！

他狼狽地伏在地上喘息，全身佈滿傷口，看樣子是經歷了一場惡戰，受了嚴重的致命傷。

阿爾伯特掉進時空裂縫中才短短數十秒，究竟裏面發生了甚麼？！而且為甚麼禦刃沒有為他及時治療傷害呢？！四不像呢？布布路他們驚疑不定地互相看了看，誰也沒有頭緒，連白蓮和紅蓮也不解地搖了搖頭，畢竟誰也不曾進入時間裂縫，那完全是個未知的世界。

就在所有人迷惑不解的時候，更加不可思議的一幕出現在眾人面前 ——

一隻黝黑的巨大獸爪從迷霧中憑空伸出，上面佈滿了鋼甲般的鱗片，鱗片與鱗片之間還長滿細密的毛刺，很是猙獰。那獸爪一把抓住阿爾伯特，他身上的骨頭被捏得啪啪直響。

「嗷 ——」阿爾伯特發出一聲令人心驚膽戰的叫聲。近乎無敵的十影王阿爾伯特在這謎一般的巨爪面前，如同嬰孩一般絲毫沒有反抗的餘地，再次被拖入迷霧之中。

那到底是甚麼巨獸？大家滿臉驚懼，渾身的汗毛都豎了起來。

克林姆林心中一驚，剛剛它分明施展出了倒退時間的「念」，但因為冰層傾斜，「念」並沒有施加到阿爾伯特身上，難道施加到了冰層中的其他生物上嗎？而且時間裂縫中的時間空間混亂，誰也沒法確定原本那個倒退十二小時的念，究竟倒退了多長時間。難道湊巧喚醒了某隻可怕的遠古巨獸嗎？可是……即使是遠古巨獸的話，阿爾伯特也沒理由會如此不堪一擊啊！

像是要加劇所有人的不安，一個如洪鐘一般的聲音從迷霧之中傳來 ——

「這就是所謂的十影王？根本就不堪一擊！就算你們十人全部到齊，看來也接不下本尊一招！哈哈哈！」

那聲音帶着無與倫比的強大壓迫感灌入眾人耳中，他們的心臟不自覺地怦怦怦狂跳，身體深處像是打開了水龍頭，冷汗瞬間遍佈全身。而克林姆林、巴巴里金獅、藤條妖妖……所有在場的怪物，都瑟瑟發抖地躲在主人身後，一種發自本能、深藏於骨髓的恐懼佔據了它們的心靈。因為心電感應，這份恐懼也淋漓盡致地傳遞到它們主人心中。

　　這真是太可怕了，他們通過怪物感受到的竟是絕對的強大，巨獸散發着一種光憑氣息就能秒殺他們的恐怖力量……當記憶回來以後，他們赫然記起了這種感覺，沒錯，這令人窒

息的感覺就如同水元素始祖怪海因里希一般強烈。（詳情見《怪物大師》第九部）

　　這隻迷霧中的生物究竟是敵，是友？如果遭受它的攻擊，他們真的有辦法自保嗎？所有人屏息凝神，警惕地盯着迷霧，生怕不知何時那巨爪就會向他們發動攻擊。

　　「啊啊啊 ——」隨着一聲淒厲至極的慘叫，打鬥的聲音漸滅，濃霧慢慢散去……迷霧中巨大的黑色身影帶動氣流翻滾着，一閃而逝。

　　時間一分一秒地過去……四周重歸寧靜……

　　濃霧散去，視野恢復，四周詭異的七彩光芒也都變成白色光束，再看時間裂縫處，哪裏有甚麼遠古巨獸？空曠的塌陷冰山整個沒入冰冷的海水中……除了平靜的海面外，甚麼都沒有，就如同甚麼都沒發生一般。

　　所有人就像是經過了一場激烈的生死決戰，虛脫地癱在浮冰上。好一會兒，他們才回過神來，意識到一切都結束了。

　　白蓮與紅蓮難以置信地相互對視，剛剛的情況就連她們也聞所未聞。帝奇和餃子安慰般地抱緊正瑟瑟發抖的怪物們。更遠處的賽琳娜和九十九相互扶持着，小心地踩着浮冰向這些同伴靠近。

　　布布路奮力划着浮冰，朝時間裂縫處衝去：「四不像，四不像……你不會是被時間裂縫吞掉了吧？那等你回來，我就變成老公公了，嗚嗚嗚……還是說，你被那隻嚇人的巨獸吃掉了？嗚嗚，四不像，你在哪裏啊？」

　　布布路叫到喉嚨嘶啞都沒有回應，四不像真的不在了嗎？布布路傷心得淚流滿面。

　　「布魯布魯！」這時，一個熟悉的聲音傳來，布布路欣喜地循聲看去。四不像撞碎了一塊浮冰，高高躍出海面，它渾身濕漉漉髒兮兮的，毛髮凌亂不堪，但還是挺有精神的，一下子就跳到了布布路頭上。

　　布布路一把鼻涕一把淚地抱住拚命掙扎的四不像，要知道這可是四不像第一次自己冒着生命危險營救布布路！這是不是意味着布布路和四不像真正做到了心意相通呢？正當布布路暗

自欣喜的時候，四不像毫不客氣地在布布路臉上留下了幾道抓痕。

白蓮、紅蓮疑慮的目光不易察覺地落在了四不像身上。難道剛剛那隻巨獸是……？

尾聲

一行人踩着浮冰回到沙灘上，驀地發現九十九已不告而別，這讓布布路他們對暗部的作風又有了更深的瞭解。

紅蓮遠遠看着早已崩塌的時之塚，幽幽地說：「鎖鏈魔神跟隨時之輪沉入了時間裂縫，以後我再也無法從時之輪裏面讀到任何資訊了……」

「那也意味着，我們可以做一對普通姐妹了！」白蓮安慰着妹妹，兩人相視而笑，因為她們永遠不會忘記鎖鏈魔神最後的祝福。

守護者家族世代以來背負着的沉重的命運枷鎖終於解除了！嗚嗚！布布路他們和四不像全都眼泛淚光。

就在這時，熟悉的呵斥聲打斷了這温情的一幕 ──「你們這幾個無組織無紀律的吊車尾的傢伙！居然把時之塚給弄塌了，還害得我和幾位尊敬的調查員掉進冰冷的海水裏……」金貝克導師皺着眉頭咆哮，他身後跟了一羣怪物大師。

又要聽訓了……眾人悄悄捂住耳朵。

「咳咳！」尼科爾院長精神抖擻地從後面走上來，科森翼龍

就陪伴在他身邊。

金貝克瞬間沒了聲音，忙恭敬地退到一旁。

「尼科爾，好久不見！」白蓮和紅蓮異口同聲地跟尼科爾院長打招呼。

「夏蓮……」尼科爾院長露出了孩童般天真的表情。

「喂，我們別打擾他們敘舊了！」金貝克識相地拉着布布路他們，帶着諸位怪物大師悄悄退開了。

布布路他們離開之前，齊齊朝着時之塚崩塌的方向，深深地鞠了一躬。他們相信時之輪這個藍星上最古老的祕寶並不會消失，只是在某處沉睡而已。

黑暗籠罩的另一個世界裏，炙熱的巖漿流正在翻湧冒泡。

這是一座懸垂在火山巖漿口的小島，島中央豎立着一座黑森森的神殿。

一道赤色人影走進了神殿入口，他胸前一道駭人的十字形傷痕，嘶嘶冒着詭異的黑氣……

「喲，你那是甚麼傷口，竟然連禦刃也治癒不了嗎？」一個半邊骷髏臉的青年從高大的石柱後閃出，用不正經的口氣奚落着他的失敗，「看來你這次慘敗了啊，唉，你早該在出任務之前就叫上我啊，如果是赤色賢者阿爾伯特向我求助的話，我當然是很願意幫忙的！」

阿爾伯特冷冷地瞥了他一眼，根本不屑回答。

青年卻更加死皮賴臉地纏了上去：「好歹我們同為食尾蛇的四天王，你怎麼總是表現得如此冷淡呢？我們應該相親相愛

好好相處才是嘛……」

「滾開！」阿爾伯特忍無可忍地開口道：「我和你們不一樣！」說罷，他徑直走入神殿的大門。

望着他的背影，青年不屑地撇了撇嘴角，對隱藏在另一根石柱後的某個人說：「不一樣？呵呵，他和我們有甚麼不一樣？」

那人沉聲警告：「黃泉，不要挑釁他。」

聽到那人的聲音，阿爾伯特忽然停下腳步，轉過身，頗有深意地說：「你兒子有一隻了不起的怪物……」

那人沉默了幾秒，聲音很是緩慢地回答：「我知道。」

「所以，他未來勢必會成為我們強大的敵人！」阿爾伯特的神色深沉而凝重，冷冷地宣告着殘酷命運的走向。

【第十部完】

怪物大師職業選定指南

Q₁₀ 假設你與最親的人共用一個身體，如果你想獨享這個身體，就必須毀掉你最親的人的意識，你會怎麼做？

A. 絕不接受。

B. 這種可能性本身就值得懷疑，不去考慮。

C. 和最親的人商量，尋找其他更好的方法。

D. 一切都為了自己，會去嘗試。

E. 這個問題似乎很複雜，選擇維持現狀。

■即時話題■

布布路（猛拍腦袋）：我突然記起來，莉莉絲曾經說過，自己的時間停止了，只能看着父親衰老死去，所以她只能在樹下等待着永遠不會歸來的父親……但阿爾伯特不是還活得好好的，甚至都沒有變老？

帝奇：十影王的事情，絕不能用常理來推斷！

賽琳娜：對！他使用賢者之石的時候，看得我全身雞皮疙瘩都起來了！

餃子（流口水）：真想要一顆賢者之石啊……

阿爾伯特（千里傳音）：你們這些傻瓜預備生，看來很喜歡在背後討論別人的事情！不過看在你們是莉莉絲朋友的分上，我就告訴你們吧！賢者之石我早在一千多年前就已經能熟練運用了，可惜的是，莉莉絲吞食金色禁果後形成了特殊體質，導致就算有賢者之石我也無法將她的靈魂完整地分離出來，於是我只能踏遍藍星，尋求更好的辦法來拯救我親愛的女兒。我不忍讓她孤零零地留在猩紅森林裏，因此離別之時，我用賢者之石創造了一個會生老病死的自己，然而我沒料到，需要的時間遠比想像中的更久，反而讓莉莉絲提前嘗到了與親人生離死別的痛苦……

驚呆了的四人：再也不要在背後討論任何有關十影王的事情……

完成這個測試後，你可以鑒定自己適合成為甚麼類型的怪物大師。

記下你的選擇，測試結果就在第十部的 204，205 頁，不要錯過哦！

恐懼
DREAD

第十一部
《天目族的最後之眼》

聽說，很久很久以前，藍星上的人類都擁有第三隻眼睛，那隻奇特的眼睛能映照出人們的內心，善良的人眼睛就是澄清的，而邪惡的人第三隻眼睛就會污濁不堪，因此這隻眼睛又被稱為心靈之眼，時刻提醒著人類修正自己的行為。

然而隨著人類的發展，世界變得愈來愈複雜，人類的心靈也漸漸地變得不再純淨，於是人類選擇閉上了第三隻眼睛，久而久之，這隻眼睛就退化了。

據說，只有非常稀罕的一個民族依然保留著第三隻眼睛……

邪惡的神將獲得重生……

禁忌的力量蠢蠢欲動，

『最後的第三隻眼』

虛空之中，裂開了無數眼睛般的血紅細縫，一隻恐怖的怪物露出真身——

力量
POWER

青嵐大陸的新冒險！
宿命的對決，皇族的血之詛咒！

中計了！黑暗聖井即將關閉，逃命吧，他們已經無路可退⋯⋯

下部預告

　　無法逃脫的命運令餃子重回青嵐大陸，站在塔拉斯的國土之上，一切都已改變！

　　皇族繼承人之戰將再度在黑暗聖井舉行，兄與弟，生與死，破解死局的答案只有一個嗎？

　　恐懼侵蝕心靈，四人能否同舟共濟逃離這暗黑的地下世界？

　　聽，生活在地獄中的亡者睜着黑洞洞的眼窩，述說那古老的詛咒。

　　看，那一隻只死死盯着聖井上方的眼睛，穿過蒸籠地獄之後，他們能從絕望的毀滅凝視中找到唯一的拯救之眼嗎？

　　這是命運，還是巧合，抑或是陷阱？真相即將揭曉！

布布路他們立即啟程！
災難即將降臨，刻不容緩！
竟然微微睜開了！
那隻可怕的第三隻眼睛
餃子的狐狸面具下，

這是成為怪物大師的必經之路！！！

尊敬的讀者：現在你跟隨布布路一起踏上了成為怪物大師的道路！向所有的困難發起挑戰吧！

【職業鑒定結果】

單項選擇字母最多的就是你的主要屬性；單項選擇字母第二多的就是你的次要屬性。快來核對你的屬性和適合的怪物大師職業吧！

Ⓐ【勇往直前型】　代表人物：布布路、獅子堂

你的行動能力強、好勝心強，為人積極自信，胸懷大志。遇到危險會第一時間站出來，保護同伴和弱者；遇到困難則絕不輕言放棄。但你時常會因此變得「不撞南牆不回頭」，甚至在撞了牆之後，還是不放棄地想要把牆擊倒！就是因為你這樣認定目標就勇往直前的性格，讓你享受深入危險境地，探尋價值連城的財寶、發掘聞所未聞的美食材料的樂趣。另外，你旺盛的精力和好奇心也會促使你在創意上不斷推陳出新。

Ⓑ【客觀理智型】　代表人物：帝奇、白鷺

你的個性內斂，責任心強，守紀律重承諾，重視客觀事實勝過主觀感情。可你不時會陷入自我封閉的狀態，你不喜歡別人過分介入你的內心世界，你對孤獨有很強的忍耐力，可以長時間將注意力集中在一件事情上。在接受任務之前，你會明確目標、透徹瞭解情況、設想可能遇到的各種危險和困難，並擬定多項行動方案以備應付變故。你不允許自己在行動中失敗，更無法原諒自己給其他無關的人帶來危害，所以你總是傾向於個人行動，賞金獵人和黑暗潛行者都是不錯的選擇。

Ⓒ【思考變通型】　代表人物：餃子、賽琳娜

你注重細節，條理分明，具有出類拔萃的分析能力。遇到問題會深入思考，融會貫通，舉一反三。你擅長溝通，並能在與他人的交流中提煉、收集所需要的情報。只是你的聰明會讓你產生想要走捷徑的衝動，這種時候就需要你壓抑住情緒，冷靜地從大局去思考，做出最合理的選擇。你適合細緻有條理的職業，當導師的話，你能做到寓教於樂；當醫生或者煉金師的話，你會有很大的研究成果；當律師的話，你能將犯罪者繩之以法。

【職業鑒定結果】

D【個人主義型】　　代表人物：阿爾伯特、黃泉

你不喜歡循規蹈矩，拒絕團隊合作，只相信自己，只追求個人利益的最大化。你習慣了劍走偏鋒，不到萬不得已絕不戰鬥是你的至理名言，但你並不是逃避戰鬥，而是伺機而動。你的精神力很強，並且基本上不容易受旁人的影響，不管身處怎樣惡劣的環境中，都能保持真我，毫無改變。

E【團隊輔助型】　　代表人物：金貝克

你表面看起來木訥呆板，但內心世界敏感纖細，需要依附在團隊中才能安心生活。當必須獨處或者熟悉的環境發生變化時，會產生強烈的不安，容易陷入自我懷疑的低潮。時常會表現得很神經質，但豐富的感受力讓你非常適合在音樂領域發展。同時愛幻想的個性也讓你對研究宇宙的奧祕情有獨鍾。

這是成為怪物大師的必經之路！！！

尊敬的讀者：現在你跟隨布布路一起踏上了成為怪物大師的道路！向所有的困難發起挑戰吧！

「怪物對戰牌」場景版使用說明書
Monster Warcraft

基本資訊：單冊附贈 8 張卡牌。為 1—8 部怪物對戰卡牌集的擴充包。
遊戲人數：4 人　　**遊戲時間**：5 — 20 分鐘

—— 「怪物對戰牌」擺放規則 ——

【基礎牌組列表】

1. 人物牌：8 張
2. 怪物牌：8 張
3. 特殊物件牌：4 張
4. 場景牌：12 張

附件：單冊附贈 8 張卡牌。

【遊戲目的】

遊戲開始前，玩家需確定自己的身份，一隊為挑戰方，一隊為迎戰方，雙方對戰人員的數量必須相等。當以下任意一種情況發生，遊戲立即結束：

所有挑戰方死亡，則迎戰方獲勝；
所有迎戰方死亡，則挑戰方獲勝。

【遊戲規則】

1. 將人物牌洗亂，玩家抽取 1 張人物牌，確定自己的人物血量值。（人物牌的組合技能在 4 人對戰時適用）

2. 將怪物牌洗亂，玩家抽取 1 張怪物牌，確定自己所擁有的怪物。

將怪物牌置於人物牌的上面，露出當前的血量值。（扣減血量時，將怪物牌右移擋住被扣減的血量值）

3. 將基本牌、元素晶石牌、特殊物件牌等洗混，作為牌堆放在桌上，

玩家各摸 4 張牌作為起始手牌。將場景牌洗混，作為另一個牌堆放到桌上。

4. 遊戲進行，第一輪的場景固定為【龍蚯站點】（《怪物大師》第九部附贈），同時玩家翻開最上面的一張場景牌，確定下一輪的場景，每輪都必須提前確認下一輪的場景。確定先出牌的玩家從牌堆頂摸 2 張牌，使用 0 到任意張牌，加強自己的怪物或者攻擊他人的怪物。
但必須遵守以下兩條規則：

◆每個出牌階段僅限使用一次【攻擊】。

◆任何一個玩家面前的特殊物件區裏只能放 1 張特殊物件牌。
每使用 1 張牌，即執行該牌上的屬性提示，詳見牌上的説明。
遊戲牌使用過後均需放入棄牌堆。

5. 在出牌階段，不想出或沒法出牌時，就進入棄牌階段。此時檢查玩家的手牌數是否超過當前的人物血量值（手牌上限等於當前的人物血量值），超過上限的手牌需要放入棄牌堆。

6. 回合結束，對手玩家摸牌繼續進行遊戲……直至一名玩家的血量值為 0（即死亡）。

GAME START 成為『怪物大師』就要憑實力！

來場精彩的雙人對戰吧！洗牌開始！

「怪物對戰牌」場景版使用說明書
Monster Warcraft

 基本資訊：單冊附贈 8 張卡牌。為 1—8 部怪物對戰卡牌集的擴充包。
遊戲人數：4 人　　**遊戲時間**：5 — 20 分鐘

—— 「怪物對戰牌」擺放規則 ——

7. 出牌順序：若挑戰隊為首發玩家，則排名第二位的出牌玩家必須為迎戰方。雙方隊伍中玩家的出牌順序必須錯開。

8. 判定的解釋：摸牌階段時，對要進行判定的牌需要先進行判定，翻開牌堆上的第一張牌，由這張牌的花色或點數來決定判定牌是否生效。

9. 怪物牌翻面的解釋：在輪到玩家的回合開始前，若是你的怪物牌處於背面朝上放置的狀態，請把它翻回正面，然後你必須跳過此回合。

10. 若遊戲未分出勝負，但牌堆的牌已經摸完，則重新將棄牌堆的牌洗混後，作為牌堆繼續使用。當所有場景牌用完之後，需要重新洗一遍場景牌，建立新的場景牌堆。

【 怪物卡牌一覽表 】

怪物名稱	卡版	屬性等級	獲得方式
四不像	普通卡	D 級	隨書附贈
水精靈	普通卡	D 級	隨書附贈
藤條妖妖	普通卡	D 級	隨書附贈
巴巴里金獅	普通卡	C 級	隨書附贈
金剛狼	普通卡	B 級	隨書附贈
一尾狐蝠	普通卡	B 級	隨書附贈
魔靈獸	普通卡	A 級	隨書附贈
泰坦巨人	普通卡	S 級	隨書附贈
蒼赤虎（影子版）	普通卡	C 級	隨書附贈
花芽獸（影子版）	普通卡	C 級	隨書附贈
龍膽（影子版）	普通卡	B 級	隨書附贈
露姬兔（影子版）	普通卡	D 級	隨書附贈
大聖王	普通卡	B 級	隨書附贈
九尾狐	普通卡	D 級	隨書附贈
騎士甲蟲	普通卡	D 級	隨書附贈
惡魔酷丁	普通卡	D 級	隨書附贈
塞隆鼠	普通卡	B 級	隨書附贈
帝王鴉	普通卡	A 級	隨書附贈
帕米魯格	普通卡	A 級	隨書附贈
般若鬼王	普通卡	A 級	隨書附贈
水精靈（升級版）	普通卡	B 級	隨書附贈
人紅武章	普通卡	B 級	隨書附贈
克林姆林	普通卡	A 級	隨書附贈
鎖鏈魔神	普通卡	A 級	隨書附贈

今年我們班上最流行的就是怪物對戰牌遊戲了！

GAME START 成為『怪物大師』就要憑實力！來場精彩的雙人對戰吧！洗牌開始！

特別企劃・第二期偵查報告
【這裏，沒有祕密】

Q1. 黑鷺是園藝愛好者嗎？他除了種橘子之外，還種別的東西嗎？

答：沒錯，園藝是黑鷺的愛好之一。另外除橘子之外，他還種過不少能吃的蔬菜瓜果，你能想到的他都種過，當然你別想得太另類哦！

Q2. 四不像吃那麼多，不會撑死？

答：不會！它的胃容量超乎想像。

Q3. 我好喜歡赫拉拉，雷歐能不能讓她復活？（見《怪物大師》第八部）

答：我只能説劇情是不可逆轉的，但是你會在別的地方看到她活躍的身影！

Q4. 為甚麼布路背着這麼重的棺材游泳都沒有沉下去？

答：請不要用正常人的標準來評斷布布路。

Q5. 布布路他們都不換衣服的嗎？為甚麼每次都是同一套？

答：第一，他們有很多套同樣的衣服。第二，你看自第九部起他們不是換衣服了嘛！

Q6. 為甚麼作者老喜歡取一些餃子、雲吞、花卷之類的名字？他是不是寫書的時候餓了？

答：是的，他寫書的時候總是廢寢忘食，在愈來愈飢餓的怨念狀態中就出現了好吃的食物名字。

Q7. 看了第四冊附錄的帝奇的報告書，我覺得他有潔癖，他是不是處女座？

答：NONONO！他不是！！（話説，藍星的人也玩星座嗎？）

從布布路的角度來看　人物關係圖

身為「惡魔之子」一直以來總是被人唾棄，但現在布布路也擁有愈來愈多的同伴……

賽琳娜

餃子

帝奇

獅子堂

卡三姬

布布路

守墓人爺爺

布諾・里維奇

克林姆林

大姐頭，我總算你的

賽希望他能多和我聊聊天……

好期待能和你再對戰一場！

你可以再借我一艘方舟嗎？

我們要當一輩子的好朋友！

少爺要回來啦！老頭子

我想見你，爸爸

※ 布布路的獨白時間：

從參加摩爾本十字基地的招生會開始，我的人生就進入了一個轉振點。我很慶幸能遇見賽琳娜、帝奇和餃子，他們信任我，維護我，不看輕我的「惡魔之子」身份，無論何時何地，都願意與我共同進退。

我知道成為怪物大師的道路很艱辛，但只要和他們在一起，我無所畏懼！

Staff
製作團隊

宋巍巍
Vivison
【總策劃】

趙　婷
Mimic
■ 執行

黃怡崢
Miya
■ 文字

孫　潔
Sue

谷明月
Mavis

孫　東
Sun
■ 插圖

李仲宇
LLEe

周　婧
Qiaqia

蔣斯珈
Seega
■ 色彩

李禎棱
Kuraki
■ 灰度

宋　蚋
Python
■ 設計

CREATED BY LEON IMAGE
Love & Dreams
MONSTER MASTER

[雷歐幻像] 作品
LEON IMAGE WORKS

□ 責任編輯：郭子晴
□ 裝幀設計：高林
□ 排　版：時潔
□ 印　務：劉漢舉

怪物大師
——冰封的時之輪

□
著者
雷歐幻像

□
出版
中華教育

香港北角英皇道 499 號北角工業大廈一樓 B
電話：（852）2137 2338　傳真：（852）2713 8202
電子郵件：info@chunghwabook.com.hk
網址：http://www.chunghwabook.com.hk

□
發行
香港聯合書刊物流有限公司

香港新界大埔汀麗路 36 號
中華商務印刷大廈 3 字樓
電話：(852) 2150 2100　傳真：(852) 2407 3062
電子郵件：info@suplogistics.com.hk

□
印刷
美雅印刷製本有限公司

香港觀塘榮業街 6 號 海濱工業大廈 4 樓 A 室

□
版次
2016 年 6 月第 1 版
2018 年 1 月第 1 版第 2 次印刷
© 2016 2018 中華教育

□
規格
32 開（210 mm×140 mm）

□
書號
ISBN：978-988-8394-86-9